TAKE
SHOBO

居座り花嫁!?
行き場なし歓迎されない婚約者の溺愛プロセス

山野辺りり

Illustration
森原八鹿

JN138461

contents

イラスト／森原八鹿

行き場なし
歓迎されない婚約者の
溺愛プロセス

居座り花嫁!?

Isuwari Hanayome !?

1　歓迎されない婚約者

通された部屋を見て、アンナは全てを悟った。

敵――ではないが、彼らの『帰れ』という意図を。

歓迎されていないことは、初めから知っている。だがこうもあからさまに『迷惑です』と示され、少々驚いたのも事実だった。

――一応私、両家の正式な話し合いで婚約者に選ばれたのよね？

そして今日は『花嫁修業』の名の下、アンナがダウズウェル伯爵家で生活を始める初日のはず。当然、それなりの準備が成されているものだと思っていたのだが。

――まさかまともに掃除もしていない、狭くて日当たりの悪い部屋に案内されるとは、流石《さすが》に想像していなかったわ。

眼前に広がるのは、家具に埃避《ほこりよ》けの白い布がかけられた、やや黴臭《かびくさ》い一室。分厚いカーテンは何年も替えられていないのか、ほんのり退色していた。

ベッドとドレッサー、小さな机と椅子が置かれているだけの簡素な部屋は、客間であったとしてもかなり格下の者へあてがわれるものだろう。見栄《みえ》を張る必要もないような。

つまりは、歓待する気は窺《うかが》えない。泊めてやるだけありがたく思えという伯爵家の声が、はっきり聞こえてきた。

――なるほどねぇ。だからこれまでの婚約者候補たちは全員逃げ出したのね。良家のお嬢様にこんな仕打ちをしたら、到底黙っていないでしょう。

そうでなくても、今日この日までアンナに対するダウズウェル伯爵の態度はひどいものだった。

何せ未《いま》だに顔もまともに合わせていないのだ。勿論《もちろん》、結婚式当日まで互いの素顔を知らぬまま婚姻する貴族は大勢いる。

しかし、贈り物を届けたり、折に触れて手紙のやり取りをしたりするのが普通だ。そうやって政略結婚であっても、最低限心の交流を図るのである。

もしくは、周囲への宣伝を兼ねて、殊更に家同士の関係が円満であるのを知らしめる。

けれどいっそ清々《すがすが》しいくらいダウズウェル伯爵からアンナに対して距離を縮めようとする働きかけはなかった。

むしろこちらから連絡しても無視。珍しく返信がきたと思えば、家令を通じて。ダウズウェル伯爵――コンラッド本人からはメッセージすら貰《もら》ったことがないのだ。

通常であれば、この時点で『馬鹿にしているのか』と問題になりそうな話である。

他家との縁談がことごとく駄目になったのも、同じことをしてきたからに違いなかった。

まともな家なら、どれだけダウズウェル伯爵家との縁組が魅力的であったとしても、娘だけでなく父親と家門自体が軽んじられたとして、破談になるのが当然。野心家であればあるほど、見下されたと感じ激怒するのではないか。

そんな有様でもアンナとコンラッドが婚約破棄に至らなかったのは、偏《ひとえ》に両家の利害関係の一致に他ならなかった。

貴族社会は噂《うわさ》が駆け巡るのが速い。

ダウズウェル伯爵が何度も結婚を断られているという話は、知らない者がいないほど有名だ。

各所で『こんなに破談続きなのは、ダウズウェル伯爵家側に理由があるに決まっている。もしや……？』『どうやら異性を愛せないらしい』とまで囁《ささや》かれるようになっている。

もっとも、真偽についてアンナは知らない。さりとて跡継ぎを設けることが至上命題でもある貴族には、そういった噂が巡るだけでも死活問題だ。

——しかもあの事故のせいで、ただでさえ伯爵家は色々と注目されているのに。

現当主であり、アンナの婚約者たるコンラッドは若干二十五歳。莫大《ばくだい》な財力と権力を持つダウズウェル伯爵家を継ぐには、若過ぎると言えた。

いくら成人しているとしても、経験不足は否めない。若輩の後継者に不安を覚える者は少なくなかった。本来なら、もっと時間をかけて知識を身につけ、人脈を築くものだ。もしくは強い後ろ盾を得るか。

それができなかったのは、彼の両親が突然不慮の死を遂げてしまったせいに他ならなかった。

二人揃《そろ》って馬車の事故により命を落とし、急遽《きゅうきょ》コンラッドが爵位を継いだのである。

だが、あまりにも唐突な両親の死とダウズウェル伯爵家を支えなくてはならない重圧に、彼の心は耐えきれなかったらしい。

――すっかり精神の均衡を崩し、人間不信で暴力的になっているとか……酒に溺れ、奇行が目立ち、気難しいどころの話ではないというのは本当なのかしら？　――まぁ、仮にも婚約者の私をこの部屋へ通したということは、結婚をする気が微塵《みじん》もないと理解できたわ。

案内してくれたメイドは、どんよりと目が死んでいる。命じられた通り働いているのが、見え見えだ。

おそらく、自分の頭で考えることを放棄している。陰鬱な屋敷の雰囲気からして、楽しい職場でないのが感じられた。

――家令も顔色が悪かった。主人が心を病んでいるなら、邸内の重苦しい空気は納得だわ。

調度品にかけられた布を片付けるでもなく、アンナの後ろでぼんやり突っ立っているメイドは、アンナが『無礼だわ！　実家に帰らせていただきます！』と言うのを待っているのか。生気のない顔でいかにも気だるげだった。

――通常なら、こんな扱いを受ければ即破談よね。失礼の範囲を軽く天元突破しているわよ。この部屋はきっと、なかなか婚約破棄に至らない令嬢を逃げ帰らせる最終手段なのでしょう。だけど、甘いわ。

「気に入ったわ。とりあえず布は撤去していただけるかしら?」

アンナは不敵に笑うと、ずかずかと室内に踏み入った。その際、床に敷かれた絨毯《じゅうたん》から埃が舞う。

だいぶ長い期間人が出入りしていないのが分かり、換気のため部屋の奥にある窓を大きく開いた。

「あら、景色もいいじゃない」

この部屋で唯一褒められる点があるとすれば、庭園に咲く花々が眺められるところか。

それ以外は壁や調度品も安っぽく、使用人部屋に毛が生えた程度の内装だ。とてもじゃないが、傅《かしず》かれて育った令嬢が満足できる代物ではない。

だがアンナにしてみれば、上等な部類だった。

――市井で育った生粋の平民根性を舐《な》めないでいただきたいわ。雨風凌《しの》げる壁と屋根があって、虫と鼠《ねずみ》だらけのベッドでなければ、全く問題ない。

アンナはリドル子爵令嬢としてここにいる。しかし、生まれた時から貴族のお嬢様だったわけではなかった。

むしろ人生の大半は下町で伸び伸び逞《たくま》しく生きてきたのである。母一人、子一人で、それなりに苦労しつつも周囲の人々に助けられながら汗水垂らし懸命に働いて。

転機は、十八歳になった一年前。その更に三年前、母は無理がたたって身体を壊し、儚《はかな》くなっていた。アンナが独りぼっちになったのは、僅か十五歳の時だ。

若い女が一人で暮らすのは、並大抵の苦労ではない。それなりに危ない目や嫌な目にもあったものの——どうにかやってこられたのは、アンナの努力の賜物《たまもの》だ。

知恵と根性、度胸と機転を武器に、頑張った。

自ら面倒な雑用や厄介ごとの解決を引き受け、積極的に行商人や神父に教えを乞い、勤勉に働き町の人々の信頼を集め、受け入れられて。

もともと、向上心はかなりある。

許されるなら、きちんとした学校に通ってみたかったが、経済的な理由で諦めたのだ。

しかしやる気次第で読み書き計算は覚えられたし、ご近所の喧嘩《けんか》仲裁方法から果ては異国の文化や風習を学び、価値観の違いを知って対話や交渉術を磨くことができた。

日常会話程度なら隣国の言葉も理解できるので、通訳を引き受けたこともある。

そんな生活を送って三年が経《た》った頃、今まで顔も知らなかった父親が突如現れ、アンナはリドル子爵家に引き取られたのだ。

聞けば母は以前貴族の邸宅にメイドとして勤めており、そこでよく言えばご主人様のお手付きに、悪く言えば手籠《てご》めにされたというわけだった。

しかも母は妊娠が発覚した直後、怒髪天の正妻に屋敷を追い出されたらしい。

父親は身一つで放り出された妊婦を助けるでもなく、その後援助もしていなかったそうだから、屑《くず》の極みである。大方、存在自体ほぼ忘れていたのではないか。

にも拘《かかわ》らず、娘がいると知り『政略結婚の駒に使える！』と思い立って、アンナを迎え入れる気になったのだから、為人《ひととなり》は期待するまでもない。

本音を言えば、子爵家の使いの者に水をぶっかけて追い返したかった。

アンナが辛うじて思《おも》い止《とど》まったのは、『どうせなら利用してやろう』と閃《ひらめ》いたからだ。

どんなに頑張っても、親のいない若い娘の生活が劇的によくなることはない。今はそれなりに暮らせていても、この先は？　年を取ったら。病気や怪我《けが》に見舞われたら。庇護者《ひごしゃ》のいないアンナを軽んじる者は、今後もいなくならないだろう。まともな結婚はあまり期待できない。

もし母が生きていたなら、もう少し違った選択をした可能性はある。

けれどアンナは、『これ以上悪くならないなら、新天地に飛び込むのもありかもしれない』と考えたのだ。

父親に対して恩義や愛情は欠片《かけら》もない。故に突然『私の娘として嫁げ』と言われても、後ろ足で砂をかけ逃げ出そうと思えば可能だった。

あの男が恥をかこうが不利益を被ろうがどうでもいい。逆に苦しめとすら願う。

だが母はどう思うだろう。優しかった母は、娘の幸せを最期まで祈ってくれていたから。

平穏な幸福を手に入れなさいと言ってくれた。

そんな母の小さな願いを叶《かな》えたくもあり、アンナはダウズウェル伯爵家に纏《まつ》わる悪い噂は聞き及んでいたが、父親の言葉に頷《うなず》いたのだ。

せっかくなので骨の髄までしゃぶり尽くす勢いで利用すると決め、特大の猫を被って一年間の令嬢教育を乗りきった。

どうせ結婚に夢は持っていない。愛だの恋だの、幻想と性欲の産物だと思っている。不確かな感情よりも信じるものは、金のみ。

それがアンナの信条だった。

平穏な生活を送るには、先立つものが必要なのである。まずは現実。実体のない想《おも》いに振り回されるより、衣食住確保が最優先だ。

考えてみれば、高齢男性の妾《めかけ》及び介護要員にされたり、妙な男に夜這《よば》いをかけられたりするよりはずっとマシではないか。腐っても、ダウズウェル伯爵家は高位貴族。

多少結婚相手の頭がアレで性格に難があって病気を患っていても、貧乏で不安定な生活からは脱却できる。天秤《てんびん》にかけ、冷静に計算した結果、アンナは大勝負に出ることにした。

――もっともダウズウェル伯爵家の悪評が轟《とどろ》いていなくちゃ、リドル子爵家如《ごと》きが縁談の相手に選ばれるはずがないものね。

両家はお世辞にも家格や財力が釣り合っているとは言えない。その上、リドル子爵の投資失敗と正妻の浪費が祟《たた》り、台所事情は火の車。

本当なら、リドル子爵家はダウズウェル伯爵家にとって歯牙にもかけられない格下である。コンラッドが立て続けに縁談を断られているからこそ、お鉢が回ってきたようなものだ。

端的に言えば、双方後がない状況だった。

アンナの父親にしてみれば、一発逆転、借金返済のため。ダウズウェル伯爵家にしてみれば、当主の醜聞を払拭し煩《うるさ》いことを言わない妻を娶《めと》らせたかったというところか。

――コンラッド様本人はやる気ゼロみたいだけど。他の親族が許さないのね。……一族の長が女性に興味がないとか不能だとか言われていては、都合が悪いのでしょう。

とにかく大人の事情の果てにリドル子爵家まで話が回ってきて、最終的にアンナが召し出されたのである。人生何が起こるか分からない。

――何はともあれ、生きてりゃ人生勝ちよ。嘆いても仕方ない。せめてよりよく生きられるよう、努力するのみだわ。

「――ああ、そうだ。掃除道具を用意してもらえる？　それから寝具を干したいのだけど、どこに出せばいいの？」

まずは本日、安眠できる程度には部屋を片付けなくては。

アンナは頭の中で、掃除の段取りを整える。今日が気持ちのいい快晴でよかったと心底思った。

「え……っ、お泊りになられるのですか？」

「泊まるというか……今日からここが私の部屋なのでしょう？」

アンナの返事が予想外だったのか、メイドは双眸《そうぼう》を見開いて愕然《がくぜん》としていた。彼女はてっきり、アンナが泣き帰ると高を括《くく》っていたに違いない。よもや平然と滞在を宣言するとは夢にも思わなかったに決まっていた。

「お、お帰りにならないのですか？」

「帰るって、どこへ？」

帰るところがあれば、最初からこんな場所へ来やしないと言いたいのをぐっと堪え、アンナは首を傾《かし》げた。

こちとら崖っぷちなのである。

悪魔の形相で『何としてでもダウズウェル伯爵の心を掴《つか》め』と言ってきた父親に従う気は毛頭ないが、リドル子爵家に戻るつもりもない。もはや突き進むと決めたからには、多少の苦労は覚悟の上。

しかもこの程度の嫌がらせで傷つくなどと侮られては堪《たま》らなかった。

「で、ですが」

「とにかく箒《ほうき》にモップと水を汲《く》んだバケツ、雑巾もよろしくね」

どうやらアンナを追い返すのが仕事だったらしいメイドは、戸惑っている。勇ましく腕捲《うでまく》りするアンナを化け物を見る眼で見てくるではないか。

「早くして」

だからこそ少しばかりきつめに命じれば、彼女は慌てた様子で部屋を出ていった。

——たぶん、上司か主人に報告しに行ったんだわ。

今回の婚約者候補は一筋縄ではいかず、逃げ出さないと。

——上等じゃない。この勝負、必ず勝ってみせるわよ。私は絶対に居心地のいい場所を作って、自力で幸せになってみせる。

誰かの思惑通りになんてなってやらない。

改めて心に誓い、アンナはほくそ笑んだ。


ダウズウェル伯爵家に乗り込んで五日目。

未だにアンナはコンラッドと顔を合わせていなかった。何故なら彼は毎日自室と執務室を往復するだけで食堂にはやってこないし、こちらから挨拶しようにも断られ続けているためだ。

せめて偶然を装って移動中を捕まえようと試みても、巧みに時間をずらされ擦れ違うことも難しい。

その上邸内の使用人がアンナをさりげなく邪魔してくるのだ。身支度に時間をかけられたり、わざと遠回りする通路を案内されたり。そうして彼との接触の機会は悉《ことごと》く潰された。

――手強《てごわ》いわね……

必死に策を弄しても、今のところ一度も成功していない。同じ屋根の下で寝起きすればギスギスした関係性も改善が望めると目論《もくろ》んでいたのは、甘い見通しだったらしい。

――でも屋敷を追い出されないだけ、めっけものよね。

相変わらず歓迎されてはいないが、幸い力づくで叩《たた》き出されることもなかった。

食事は提供してもらえるし、最低限の世話はされている。初日以外は掃除と洗濯だって行われており、日々の生活に不自由はないのだ。

メイドたちの態度は素っ気なく冷たいままであっても、正直そんな状況にアンナは慣れていた。

何せ、リドル子爵家にいた頃は日常茶飯事で虐《しいた》げられていたのだから。

政略結婚の駒にするため引き取られた妾の娘に、正妻が優しく接するはずもなく、父親だって愛情があるのでもない。必然的に使用人らからは見下され、おざなりの世話を焼かれ、合間に地味な嫌がらせも受けていた。

だから本気でダウズウェル伯爵家での仕打ちはどうってことなく、それどころか快適ですらある。

部屋は狭くても充分住めるものだし、三食お腹《なか》いっぱい食べられ、鞭打《むちう》たれることも罵倒されることもない。勿論、実母のことを貶《おとし》められたり、名誉を傷つけられたりもしない。

コンラッドに会えないことを除けば、アンナに不満はないのだ。

——とは言っても、私はここに婚約者としてきたのだから、現状に満足していないで目的は果たさないとね。タダ飯喰らいにはなりたくないし、不安定な身の上はうんざりだわ。

このままではただの居候だ。

どうにか滞在は許されていても、いつ何時彼の対応が変わるか保証はなかった。

明日突然、実家に返品されてもおかしくないのだ。そんな最悪な事態に陥らないよう、できるだけ早く自らの立場を確固たるものにした方がいいのは確かだった。

——正式に婚約者として認められないといけない。

現在のところ当事者であるアンナとコンラッドを置き去りにし話が纏《まと》まっている。リドル子爵家側から縁談を反故《ほご》にしないとしても、ダウズウェル伯爵家側が強硬手段に出たら、力関係上アンナに抗《あらが》う術はない。

その前にせめてコンラッドと面識を得たくて、本日も朝から計略を巡らせていた。

——いっそ彼の執務室に突撃してみる？——いや、それで疎まれたら本末転倒よね。だいたい使用人に阻まれて、無事辿《たど》り着《つ》けるかどうかも分からないわ。流石に無理やり突破したら、害意ありとして排除されるかもしれないし。

などと考えながら、アンナは邸内を歩き回っていた。

これは屋敷の間取りを把握して、今後使用人にわざと遠回りで案内されないためだ。

驚くほど広大なダウズウェル伯爵邸は部屋数も多く入り組んでいる。代々増改築を繰り返してきたらしく、全てを把握するのは不可能に近い。

それでも可能な限り覚えてやろうと、アンナは頭の中へ地図を叩《たた》き込《こ》んだ。

「……アンナ様、勝手に歩き回られては困ります。この辺りは、現在使っていない区画ですし」

「あら、だったら何か役目を与えてくれる？　コンラッド様の婚約者として覚えるべきことがあれば教えてほしいわ。私は近々この屋敷の女主人になるのですもの。早めに学んでおいて損はないでしょう？」

暗に『部屋に戻れ』と告げてきたメイドにニッコリと笑顔で応酬する。

表向きはやる気張る健気《けなげ》さを演じ、言外に『貴女《あなた》に私の行動を阻む権利はない』と滲《にじ》ませた。

「わ、私は命じられた仕事をするだけですので……」

俯《うつむ》いたメイドはもごもごと言い訳する。実際、彼女には何の権限もないのだろう。

アンナを追い返すのに失敗した今、屋敷全体がアンナを持て余しているのが伝わってくる。

どう扱えばいいのか困惑しているとでも言うのか。

これまでにない図々《ずうずう》しい令嬢の出現に、次の出方を決めあぐねているらしい。

とにかく遠巻きに監視されているのをヒシヒシと感じた。

——まだ私の処遇をどうすべきか、コンラッド様が決断を下していないということかしら？　それともこれからもずっと放置の構え？　いいわよ。我慢比べといこうじゃない。私からは絶対に逃げたりしないいんだから。

図太さと忍耐力には自信がある。ご近所で一番気難しい頑固爺《じじい》の心を開いたこともあるのだ。会うことさえできたら、コンラッドとも交流を持てると思った。

——でも意思疎通も不可能なくらい精神状態が悪化していたら、厳しいのかしら。いやだけど、コンラッド様は毎日仕事をこなしているのよね？　今日だって朝早くから執務室に籠り切りだもの。だったら話ができない病状ではないはず。

領地経営が行き詰まっているとも聞かない。ダウズウェル伯爵家の事業は順調だ。それくらいはアンナも事前に調べていた。

——つまり、本格的に人嫌いで私を避けているのね。

数日間人の流れを観察したが、コンラッドは数少ない特定の使用人しか傍《そば》に寄らせないようだ。外出もしない。かつての友人との交流も絶えて久しい。

とことん人を遠ざけている。世界を閉じ、アンナだけでなく大半の人間が拒絶されていると言えた。それだけ、両親の死が衝撃だったのか。

アンナも母親を亡くしているので、その気持ちは理解できる。悲しみやら喪失感で押し潰され、そう簡単には立ち直れない。さりとて彼の殻はいっそ病的にも見えた。

――どんなに辛く理不尽なことがあっても、人は生きていかなきゃならない。そりゃ私だって、たまに全部放り出したくなることはある。だけど、それでも……せっかくなら幸せにならないと悔しいじゃない。

どんな場所へ流されたとしても、絶対にがっしり根を張って逞しく生き抜いてやる。

改めて心に誓い、アンナは何気なく一つの扉の前で立ち止まった。

ひょっとしたら、小さな物音を耳が拾ったのかもしれない。

それはあまりにも微《かす》かな音。気のせいと言ってしまえばそれまで。

聞き逃さなかったのは、奇跡に等しい。ただ、疑問に思うより先に、歩みを止めていた。

「アンナ様……！　は、早く先へ進みましょう」

何故か焦った様子でメイドが声をかけてくる。まるでこちらの意識を逸《そ》らせたいとでも言うかのよう。明らかに動揺した様子は、アンナの好奇心を刺激するのに充分だった。

「――この辺りは、今使っていないのよね？　貴女たちは使用していない部屋の掃除はおざなりみたいだし、いったい誰が中にいるのかしら？」

アンナの部屋が埃だらけだったのを当て擦《こす》り、わざとらしく「泥棒だったら大変だわ」と大きな声を出した。

すると、室内でゴトッと何かが落ちる音がするではないか。これはますます怪しい。

別にアンナは本気で泥棒云々《うんぬん》を疑ったのではないものの、不審者の可能性は捨てきれない。

顔色を悪くしたメイドへの牽制《けんせい》もあり、一気に扉を開いた。

「誰かいるの？」

「おやめください！」

「ひゃ……っ」

三つの声が上がったのは、同時だった。

アンナとメイド、それから小さな男の子のもの。年のころは七つくらいか。目を真っ赤に泣き腫らした少年が、床に落とした本を拾おうとしている。まだあどけない顔立ちは頬《ほお》がふっくらとし柔らかそう。癖のある茶の髪が可愛《かわい》らしい。潤んだ大きな双眸には怯《おび》えが滲んでいても、幼子が非常に整った容姿を持つのは明らかだった。

——吃驚《びっくり》した。天使かと思った。こんなに綺麗《きれい》な子、初めて見たわ……

窓から差し込む光が子どもへ降り注ぎ、どこか神聖な雰囲気を作り上げている。目にしているだけで、心が浄化されそう。

どんよりとしていない存在を目にするのは久しぶりで、アンナは瞠目《どうもく》したまま瞬《まばた》きもできなかった。

——この部屋は、放置されてはいないのね。

室内には色々なものが飾られている。絵画に彫刻、ドレスや花など。どれも慎重に保管されているのか、埃は溜《た》まっていない。広々としていて、明らかにアンナに割り当てられた部屋よりも上等だった。

――客間ではなさそう。ギャラリー？

アンナは数度瞬きし、すっかり固まっている少年へぎこちなく微笑《ほほえ》みかけた。

惚《ほう》けている場合ではない。これは絶好の機会だ。

「――初めまして。私はアンナ・リドル。貴方《あなた》はカールかしら？」

「な、何で……僕の名前……」

「勿論知っているわ。だって、これからは家族になるのですもの」

この屋敷に小さな子どもは一人しかいない。カール・ダウズウェル。コンラッドの弟で、現在七歳。だがアンナと実際顔を合わせたのは、今日が初めてだった。

――兄と同じで、散々私から逃げ回っていたものね。

不安げな面持ちの少年が忙しく瞬きする。アンナの言葉を必死に咀嚼《そしゃく》しているに違いない。

助けを求めるように、視線を泳がせた。

――でも、私の背後に立つメイドにどうにかしてもらおうとはしないのね？

いきなり兄の婚約者候補として現れた自分よりは、長年屋敷で働いている彼女の方がよほど馴染《なじ》みがあるだろうに、メイドに頼ろうとは考えないのか。まるで懐いていない。そこにはコンラッドと同じ警戒心の強さが窺えた。

――それとも、邸内の使用人が信用できない？

だとしたら可哀相だ。両親を喪《うしな》ったばかりで、兄は仕事に没頭している。しかも得体のしれない女が我が物顔で居座っているとなったら、気が休まる暇もないだろう。

幼子は今も心細そうに視線をさまよわせている。如何《いか》にも繊細な見た目の少年はオドオドとし、顔色が悪い。子どもにしては覇気がなく、とても哀れに感じられた。

——まぁ、この子に心痛を与えているかもしれない『得体のしれない女』は私なんだけど。

同情心と申し訳なさが首を擡《もた》げる。

アンナは床に落ちたままになっている本を拾いあげた。

「あ……それは……」

「貴方が読むには、少し難解ではないかしら?」

しかもかなり重い。革張りの表紙は箔押《はくお》しで、四隅には金属の装飾が施されている。小さな子どもの手には、持って開くのも一苦労ではないか。

内容は、歴史書だ。パラパラとアンナがページを捲《めく》ると血生臭い記述もあり、全く子ども向けではなく七歳の子には到底理解できないと思われた。

「……僕……」

贅沢品《ぜいたくひん》である本を粗雑に扱い叱られるとでも考えたのか、カールは俯いて一層目を潤ませた。

アンナが差し出した本を受け取る気配もない。

そこでアンナはその場にしゃがみ、できるだけ柔らかく微笑んだ。

「本が好きなのね。勉強熱心で、偉いわ」

叱責するつもりはないと告げるため、視線の高さを合わせる。それでも委縮《いしゅく》したままの幼子の手に、そっと本を手渡した。

「重いから気をつけて持ってね。ちなみに私はレダヤ王の時代が一番波乱万丈で面白かったわ。特に船が難破して、命からがら打ち上げられた先で食糧不足を解決する芋を見つけるくだりとかね。近年では創作だと言われているけれど、転んでもただでは起きない逞しさに憧れるわ」

「アンナ様も読んだことがあるの……っ？」

通常、女に過分な知識は必要ないと言われている。身につけるべきは社交と男に従う慎《つつ》ましさ。それ故、女性が好む本は専ら軽い恋愛小説程度。小難しい本を手にすることは、はしたないとさえされている。

アンナが読書を――それも分厚い歴史書を嗜《たしな》むのが意外だったのか、カールがパッと顔を上げた。

「これと同じ本ではないけれど、昔書庫の清掃を頼まれた際に、夢中で読んだわ」

教会の書庫を片付けることを条件に、一日数時間自由に本を読むのを許された時期がある。庶民には手が届かない高級品に思う存分触れられるならタダ働きでも構わないと思い、アンナは二つ返事でその仕事を引き受けたのだ。

――確か十年くらい前？　当時九歳だった私でも読み切るのは大変だったから、カールは相しく、愛らしい仕草で首を傾げていた。

ポカンとした様子でこちらを見てくる少年は、無垢《むく》そのもの。本当に不思議に思っているら

貴族令嬢が掃除なんてするわけがないのを、アンナは失念していた。

「清掃……？　アンナ様が？」

当賢いのね。

「あ……その、色々あるのよ。何事も経験が大事でしょう？　私が目を通したのは、こんなに豪華な装丁ではなくてもっと廉価版だし、ええっとそんなことよりもカールは歴史に関心があるの？」

「ま、前にお兄様が話してくれたレダヤ王のところを、読んでみたくなって……」

かなり強引に話題を変えたが、純粋そうな少年は至極小さな声ながら答えてくれた。

どうやらほんの少しだけ警戒心を緩めてくれたようだ。

「僕も、レダヤ王の冒険にワクワクしたから……あの、でもお芋の話は嘘《うそ》なの？」

動乱の時代を切り開いたレダヤ王は、最早《もはや》神話にも等しい逸話が沢山ある。

色々な偉業を残しているものの、それらのいくつかは眉唾物だ。国を襲った飢饉《ききん》を偶然見つけた植物で一発解決したというのは、流石に話を盛っているとアンナは思う。

しかもそんな苦難の中、一国の王がわざわざ海に出るのも不可解ではないか。

だが同時にそういう伝説が作られるくらい、レダヤ王が愛され尊敬を集めていた証拠でもあ

ると考えていた。

「うーん、どうでしょう。私には正確なところは分からないけれど、王妃のために街道を整備し、異国の様式で離宮を造ったのは本当だそうよ。あらゆる書物に同じことが記載されていたわ」

愛する妃に尽くしたことからも、人柄がしのばれる。

アンナに男女の愛情はよく理解できないが、支え合う夫婦は素敵だと憧れはあった。

「そうなんだ……！　ぼ、僕のお父様もお母様のために庭園を造ったんだよ。この国では咲かないと言われていた花の品種改良をして……それにこの本もお母様へお父様からの贈り物なんだ。この部屋には、お父様からのプレゼントが沢山置いてあるんだよ」

「あら、夫人はとても好奇心旺盛で先鋭的な方だったのね。それに先代伯爵様は理解ある夫だわ。とても仲のいいご両親だったのね」

「うん！　いつも一緒で――」

カールの一瞬輝いた瞳が再び潤みだす。意図せず両親の話をして、大事な人たちの喪失を思い出してしまったようだ。

アンナも己の失敗を悟り、慌てて口を噤《つぐ》んだ。

――いけない。こんなに小さな子を悲しませちゃ駄目だわ。

ごまかす術はないか、懸命に頭を働かせる。咄嗟《とっさ》に室内へ視線を巡らせれば、チェストの上に船の模型が置いてあるのが目に留まった。

「カールは船に乗ったことがある？」

「えっ、な、ないよ……海を見たこともない……」

「そう。それじゃ海の向こうのバーデリアン王国がレダヤ王最愛の妃の出身国と言われているのは知っている？」

「ええ？　聞いたことない」

あくまでも伝説で、そういう説もある程度の話だが、無事カールの意識を逸らせたらしい。涙が盛り上がっていた少年の双眸は、再び大きく見開かれて煌《きら》めきだした。

「王妃に関する文献はほとんど残っていないから真偽のほどは不明だけど、最近見つかった資料から推察できるそうよ。遠い島国の女性と、どう巡り合ったんでしょうね」

この話は、かつてアンナが懇意にしていた異国の商人から聞いたものだ。

頭の中で小さな男の子が好みそうな内容を見繕い、身振り手振りを加えてアンナはカールへ語った。

「——それでね、王妃は蛸《たこ》が好物だったらしいわ」

「蛸……って、海の化け物の？　僕は実物を見たことがないけど、とても怖い姿をしていると聞いたよ？」

怯えつつもすっかり話に魅了された彼は、興味津々だ。部屋に置いてあったソファーへ誘導すれば、躊躇《ちゅうちょ》することなくアンナの隣に座った。

それどころか今や身を乗り出してくる勢い。キラキラした双眸は子どもらしい好奇心に満ちていた。

「私も実際に食したことはないけれど、茹《ゆ》でると歯応えがあって美味だそうよ」

「へぇえ……バーデリアン王国は魚介類が豊富だって、本当なんだ……アンナ様、他にももっとお話を聞かせてくれる？」

「勿論よ。そうね、レダヤ王が好んだ遊戯は知っている？」

「うん！　カードを使ったものだよね。でも詳しいルールを、僕の周りの人は誰も知らないんだ」

俄然《がぜん》興奮気味になったカールに、アンナは「私が教えてあげましょうか？」と告げた。すると彼は頬を上気させ食いついてくる。

「アンナ様は知っているの？」

「ええ。この国では廃れてしまった遊びでも、隣国には残っているのよ」

「すごい……僕にも教えて！」

最早最初の警戒心はどこへやら。二人の距離感は確実に縮まっていた。

――でもこうして喋《しゃべ》っていると、カールから私に対する悪感情はそもそも感じないな。つまりこれまで私が避けられていたのは、コンラッド様の意向？　こんな小さな子に『私と仲良く

する な』と強制していたなら、腹立たしいわね。

それに面白くない。大人の問題に子どもを巻き込むなと憤る。

しかし苛立《いらだ》ちは表に出さず、アンナはひとまずカールと交流を深めることを優先した。弟と仲良くなれば、いずれ兄を攻略できるはずだ。

「それじゃカードを用意してくれる？　可能であればあと二人参加者がいた方が盛り上がるのだけど――」

「分かった！　じゃあ兄上に聞いてみる。一緒に遊んだら楽しいよ」

よもやいきなり本命のコンラッドを呼び出せるとは思ってもみなかったので、アンナは一瞬動揺した。

大物を釣り上げた気分だ。計算したのではないが、これは好機。

可愛い弟の頼みなら、兄も無下にはできまい。アンナが策を弄するよりもコンラッドと会える可能性が格段に増した。

「コンラッド様はお忙しいのではないかしら？」

前のめりの気持ちを宥《なだ》めすかし、平静を装う。ここでがっついては、カールに壁を築かれてしまうかもしれない。あくまでも穏やかに見えるよう、アンナは慎ましく小首を傾げた。

「でも……兄上はこのところずっと頑張り過ぎて無理をしている。昔はいっぱい笑って遊んでくれたのに、今は――だから少しくらい休んでもらいたいんだ。……僕にはもう、兄上しかいないから……」

何て思《おも》い遣《や》りが溢《あふ》れた純真さなのか。思わず感激し、アンナは涙ぐみそうになった。

——健気……！　幼い子に気を遣わせてコンラッド様は病んでいる場合じゃないわよ。そりゃ、病気はご本人の責任ではないけど。

情に厚い性格なので、アンナの情緒が揺さ振られた。

いくら思惑塗《まみ》れの政略結婚でも、カールは今後アンナの弟になるのだ。ならば、大事にしたい。せめて悲しい顔をせず笑顔になる手助けができたら。

これ以上傷つかずに済むよう全力で守ってあげたい庇護《ひご》欲がムクムク湧いた。

アンナが眼前の子をどうしたら元気づけてあげられるか思案していると。

「——それはお前が心配することじゃない。私には遊んでいる暇は残念ながらないんだ」

突然、硬質な声が響いた。

驚いて扉の方向へ視線をやれば、そこには一人の男が立っている。

陰鬱な空気を纏い無表情の男は、和やかだったアンナとカールの雰囲気を瓦解させた。

「兄上」

せっかく緊張を解いてくれていた少年が、ビクリと肩を強張《こわば》らせる。たちまちオドオドとした視線は、すっかり下を向いてしまった。

——それじゃ、この方がコンラッド・ダウズウェル伯爵様……

確かにカールと顔立ちは似ている気もする。主に、途轍《とてつ》もなく整っているという意味で。滑らかな黒髪と、印象的な黒目。芸術品めいた容姿は、いっそ神々しいほど。見る者を委縮させる美貌だ。無意識に息を呑《の》まずにはいられない。

だが弟の柔らかさや稚《いとけな》さ、愛らしさを根こそぎ削ぎ落していると言っても、過言ではなかった。

鋭い眼差《まなざ》しはこちらを射殺すつもりなのか訝《いぶか》りたくなる。

刺々《とげとげ》しい気配を放っていると感じるのは、アンナの気のせいではあるまい。立ち昇る空気の何もかもが、明らかに『拒絶』を示していた。

「……勝手にこの部屋に出入りするなと言ってあるだろう」

「ご、ごめんなさい。でもどうしてもこの本を――」

「言い訳を聞くつもりはない」

立ち上がって謝る弟の言葉を遮り、兄は冷然とした眼差しをアンナに据えた。

無意識に肩が強張る。こちらと一応婚約者と初めてのご対面。つい力んでも仕方あるまい。

コンラッドは流石にこの状況でアンナを無視できないのか、隠す気もない溜《た》め息を大仰に吐き出し、気だるげに「ようこそダウズウェル伯爵家へ、リドル子爵令嬢」と宣《のたま》った。

吐き捨てに等しい台詞《せりふ》は、欠片も心が籠っていない。黒い瞳にはありありと『面倒』だという気持ちが滲んでいた。歓迎の意図があるとはお世辞にも言えない。むしろヒシヒシと『まだ

いたのか』という本音が伝わってきた。

――今更の挨拶？　しかも名前を呼ぶつもりもないという意思表示？

当然笑顔なんぞ皆無だ。

顔面が動かないのか？　と罵りたくなるくらいの冷ややかな表情は、いっそ清々しさすらある。こうも徹底的に拒まれているのを感じると、アンナは逆に闘志を掻《か》き立てられた。

――舐めないでくれる？

不機嫌な様を見せつけ他者を操ろうとする輩は、どこにでもいる。要は『察しろ』『機嫌を取れ』と言いたいのだろう。

そんな馬鹿々々しい駆け引きに付き合うつもりはなく、アンナはニコリと微笑み、優雅に立ち上がり一礼した。

一年間の特訓により、礼儀作法は身につけている。底意地の悪い教師らに、嘲られながらも最終的には合格を貰った所作だ。今こそ完璧な貴族令嬢を演じる時である。

「初めまして、コンラッド様。ようやく、やっと、ご挨拶できました。私、貴方にお会いする日を指折り数えて心待ちにしておりましたのよ」

当然、嫌味《いやみ》だ。しかしこの程度は許されると思う。一発やり返しても文句を言われる筋合いはない。そういう扱いをアンナは散々受けてきたのだから。

とはいえ、こちらとしては本気で揉《も》めるつもりもなかった。

別に彼と喧嘩したいのでも険悪になりたいのでもないのだ。

最低限、夫婦として形になり、ここに居場所を作りたい。そのため罵りたい気持ちはぐっと堪え、アンナはあえて溌溂《はつらつ》とした声をあげた。

「カールは利発な子ですね。私の話し相手をしてくれて、とても楽しい時間を過ごせました」

敵意がないことを笑顔と態度で示す。

やっとコンラッドに会えた機会をみすみす無駄にするわけにはいかない。何としてもここから親しくなり、最終的には妻の肩書を手に入れる所存だった。

「弟を勝手に連れ出されては困ります」

「違うよ、兄上！　僕が本を落して大きな音を立てたから、心配してアンナ様がきたんだ。それに、楽しい話をいっぱいしてくれたんだよ！」

「彼女が？」

「色々教えてくれて、面白い話を聞かせてくれた。何を質問しても面倒がらずに——あんなに僕に優しくしてくれたのは、母上以来だよ」

アンナを庇《かば》おうとしてくれるカールにジンとした。

「カール……」

「アンナ様は物知りで、とってもいい匂いがするんだ。それに——」

出会ったばかりのアンナを一所懸命に守ろうとして、小さな身体で兄に対峙《たいじ》する健気さが胸を締め付ける。

アンナはカールを抱き締めたい衝動を必死に抑え込んだ。

弟の抗議にやや怯《ひる》んだらしく、コンラッドは眉間に皺《しわ》を寄せている。

それでもどこか気まずげに見えるのは、勘違いして非難めいたことをアンナに言ったのを悔やんでいるのかもしれなかった。

──案外、話が通じそう？　素直なところがあるじゃない。

コンラッドはゴホンと咳払《せきばら》いすると、アンナに向き直った。

「……ここでの生活には慣れましたか」

「ええ。皆さまとてもよくしてくださって。のんびり過ごさせていただいています」

要約すると『まだ懲りないのか。とっとと生家に帰ればいいのに』『お前が放置するせいで暇を持て余しているが、元気だぞ』といったところか。

言葉だけは優雅に殴り合う。

貴族らしい婉曲《えんきょく》なやり取りができるようになった自分に感心しつつ、アンナはじっくりと婚約者である男を観察した。

憂いを含んだ眼差しは鋭くも美しい。肌は滑らかで、染みや傷はまるでない。手足は長く、すらりとした体躯《たいく》は貧弱には見えなかった。程よく鍛えているのが、服の上からでも察せられる。

造形だけなら、まさに神の最高傑作。誰もが麗しい青年だと認めざるをえないだろう。

――噂に違わぬ美男子ね。目が死んでいるのは否めないけど。

両親の事故が起こるまで、コンラッドは社交界で屈指の人気を誇っていたそうだ。

これだけの美貌と家柄、財力を思えば当然と言える。さぞや未婚の令嬢たちの熱い視線を集めたに違いなかった。

――でもそれが今では真逆の評価になるとはね。

理想の夫として数多《あまた》の好条件をもってしても覆《くつがえ》せないほど、現在の彼の評判は最悪である。立て続けに婚約者候補が逃げ出したくらいだ。

おそらく奇行や暴力の件は少なからず真実だと覚悟した方がいい。こうして対峙しているだけでは分からないものの、いきなり何らかの発作が起こる可能性は高かった。

――立派な体格をしていらっしゃるから、暴れられたら私一人で制圧はできないわ。命に係《かか》わる怪我を負うのは勘弁よ。

慎重になり過ぎるくらいで丁度いい。刺激するのは得策ではないと思い、アンナはこの邂逅《かいこう》を次に繋《つな》げるべく頭を働かせた。

――カールの言う通り、一緒にカードゲームで遊べたらいいのだけど……この感じでは、あまり期待できないわね。

兄弟は仲良く和気あいあいという雰囲気ではまるでない。

その上コンラッドには『心の余裕』が全くなさげではないか。

――カールが兄を心配する気持ちがよく分かる。コンラッド様は顔色が悪いし、窶《やつ》れて見えるわ。きっとろくに休憩どころか睡眠もとっていないのでしょうね。

家族を亡くし無気力になるのは、アンナも経験している。何もする気が起きず、かと思えば別のことに打ち込み心の痛みをごまかしてばかりいた。

彼にとってはそれが仕事なのかもしれない。没頭することで、絶望感に呑《の》み込《こ》まれまいとしているのか。

とても痛々しくて、憐《あわ》れまずにいられない。

けれど幼い弟を放置し続けているのは、いただけないと言わざるを得なかった。

――辛《つら》いのは重々理解できるわ。だけど彼らの両親が亡くなったのは二年近く前。心痛が癒えないとしても、ずっと蹲《うずくま》って幼い弟を気にかけないでいるのは駄目でしょう。

己一人であれば思う存分悲しみに浸っていたっていい。そうすることで心の整理がつくなら、時間は問題ではない。

しかしコンラッドには守るべき存在がいるはずだ。

その一点で、アンナは一刻も早く彼を立ち直らせなくてはと決意した。

――私との結婚はこの際脇に置いておいて、とにかく日常生活に支障がない程度の回復をしてもらわなくちゃ。せめてカールのいいお兄ちゃんに戻ってもらうのよ。

ひいてはそれが、アンナとの円満な結婚生活にも繋がるだろう。

精神的に不安定な夫より、当然情緒が安定している人がいい。

自身の安寧を引き寄せるため、アンナはコンラッドへの接近方法をいくつも考えた。

「――一緒に来なさい、カール」

平板な声で弟に命じた兄は、早くも背を向けて部屋を出ていこうとしている。アンナは逃がして堪るかとカールよりも先にコンラッドを追った。

「お待ちください！　せっかくですからご一緒にお茶でも」

「結構です。まだ片づけなければならない案件がありますので」

取り付く島もないとは、まさにこのこと。こちらを振り返りもせず彼は大股で歩き去っていった。

――脚、長！　歩くの、速っ！

走れば追い付けただろうが、それは淑女としてどうなんだという話である。平民として暮らしていた当時なら、アンナは平気でスカートをたくし上げて本気の走りを見せただろうが、一応仮にも今は子爵令嬢だ。

ただでさえ良い印象を持たれていないところに『下品』『礼儀知らず』などの低評価が加わっては、死活問題だった。

――……っく、逃したか……手強いな。

結果、奮闘虚《むな》しく振り切られる。

しかもアンナが鬼気迫る形相で追ったせいか、彼は一層速度を上げ立ち去った。そのおかげと言うのは皮肉だが、カールが置き去りにされた形になり、所在をなくしている。

少年は兄を追うべきかどうか迷っているらしく、今にも泣きそうになりながらその場に立ち尽くしていた。

——焦って行ったから、私からカールを引《ひ》き剥《は》がすのに失敗したわね。だけどこんなに可愛い子を戸惑わせて……兄として失格よ。——でも、それだけ心に負った傷が深いのかもしれない。

大事な弟の、憔悴《しょうすい》した姿が目に入らないほどに。

コンラッドはダウズウェル伯爵家を支えることでしか、己を保てなかったのでは。そう考えると、憐憫《れんびん》がアンナの胸を満たした。

——可能であれば助けてあげたいな。私がお母さんを亡くした時、近所の人が慰めてくれたみたいに——

同じ喪失感を抱える者として、支えることはできるのでは。夫婦とは、元来そういうものだろう。互いに足りない部分を補い合って、人生の伴走者になるのだ。

——愛や恋はさっぱりでも、そんな関係なら私にも築けるかもしれない。

そのために必要なのは、まずはコンラッドの信頼を得ることだ。野生生物の如く警戒心を漲らせている彼の攻略は難しいが、やり甲斐《がい》のある挑戦だとアンナは己を鼓舞した。

――欲張って深追いしては駄目。今日のところは面識を得たことで良しとしよう。

当座の目標が決まり、アンナはカールの前にしゃがみ込んだ。

「カール、せっかくだから私とお菓子を食べましょうか？」

「でも兄上が……」

「コンラッド様はお仕事がお忙しいそうよ。きっとダウズウェル伯爵家と貴方を守るため、懸命に働いていらっしゃるのね。ご立派だわ」

「……！　うん。兄上はとても頑張ってくださっているんだ」

本当は『あの野郎』と口走りたいところを理性で抑え、アンナがコンラッドを褒めると、カールは如実に瞳を輝かせた。

やはり弟は兄を心から慕っている。今はぎこちない家族だとしても、かつては良好な関係だったのが窺えた。

「カールはお兄様が大好きなのね」

「うん。兄上はとても優しい方なんだ。今は……色々あって疲れてしまっている。だけどそれだって、全部僕のためなんだよ」

涙で瞳を潤ませながら、カールがアンナの服の裾をそっと掴んだ。

その手は微かに震えている。精一杯の勇気を出したと言わんばかりの仕草が痛ましい。

キュウッと胸が締め付けられ、アンナは彼を抱き締めたい衝動に駆られた。

――うぅ……だけど本日初めましての女が突然抱きついてきたら、驚くし怖いわよね？　流石に距離を詰め過ぎだわ。でも頭を撫《な》でるくらいは大丈夫かしら……

しばし悩んだものの、アンナは恐る恐るカールの頬を拭い、優しく頭を撫でてみた。

フワフワの髪は、想像よりも柔らかい。指通りもよく、天使の輪に似た艶が眩《まぶ》しいほどだった。

「お兄様を思い遣って、カールはいい子だわ」

アンナに頭を撫でられたのが予想外だったのか、彼は瞠目して固まっている。さりとて嫌ではないらしく、しばらくすると頬を赤らめて満更でもない顔をした。

「……僕、いい子？」

「ええ。人を気遣える優しい子よ」

両親を亡くし、兄にも頼れない中、普通なら荒れていてもおかしくない。アンナは我《わ》が儘《まま》放題で手が付けられない暴れん坊を、これまで何人も見てきた。

しかも『可哀相』な身の上の子どもには誰も厳しく対応できないのか、甘やかされてより躾《しつ》けられず、荒《すさ》んでゆく悪循環に陥りがちだ。

にも拘らず、カールはまっすぐ育っている。こんなに素晴らしい子は珍しいと思い、アンナは彼を励ますつもりでつい勢い込んだ。

「コンラッド様がもう少し貴方を気にかけてくれたらいいのに」

「兄上は僕を誰より気にしてくれているよ！　いつだって全力で守ってくれている！」

コンラッドを批判するつもりはなかったのだが、カールが必至な形相で首を横に振った。どうやらアンナが兄を責めていると思っているらしい。

「兄上が忙しいのは、やることが沢山あるからなんだ。部屋から出るなと言うのも、僕の心配をしているからで……」

言い募ってから、少年はハッとした様子で視線を走らせた。

その先にいたのは、アンナがすっかり存在を忘れていたメイド。一言も発してはいないが、一部始終を見守っていたはず。彼女は完全に気配を殺し、すぐ近くに控えていた。

その表情は相変わらず覇気はなく、主一家のやり取りに興味がないのか表向きは耳を傾けていない。使用人としては正しい対処法である。

が、聞こえていないわけがなかった。それをカールは案じているのか。

――ひょっとして、使用人に聞かれたくない話？

両手で口を押さえたカールは慌てている。明らかに口にするべきではない内容を漏らしてしまった人間の反応だった。

通常貴族は、使用人に気を遣わない。少なくともリドル子爵家の面々はそうだった。

壁や床、家具と同じ。視界に入っていても、あくまでも労働力や道具に過ぎず、同じ人間とは思っていなかったのだ。つまり、自分たちの会話を聞かれたところで何ら問題はない。

——でもこの空気はどこか変。

「……ねぇ、少しお庭を散歩しましょうか。私はまだ庭園に詳しくないから、カールが案内してくれたら、嬉《うれ》しいわ。——貴女はお菓子とお茶の準備をしてくれる？」

後半はメイドに告げ、さりげなく別行動に持ち込む。

彼女は何か言いたげにしていたが、アンナが「早く」と急《せ》かすと渋々従った。

「あ、あのアンナ様……？」

「ほら行きましょう。さっき前伯爵様が奥方のために造られた庭園があると言っていたわね。是非見てみたいわ。品種改良した花って、どんなものかしら」

カールが食いつきそうな話題を提供すると、彼は迷いながらも頷いた。

「えっと……じゃあ、こっちにきて」

「あ、本は重いから私が持つわね」

アンナがにこやかに言い、本を持っていない方の手を差し出すと、カールは呆然《ぼうぜん》とした。何度もこちらの手と顔を視線で往復している。

「え」

「手を繋ぎましょう。エスコートしていただけるかしら？」

アンナが気取った口調で言えば冗談だと分かったのか、少年がようやく淡く笑ってくれた。

涙は引っ込み、落ち込んだ様子も多少は改善している。

もっと彼の笑顔を引き出したくて、アンナは殊更明るく「参りましょう」と口にした。

「何だか……アンナ様は僕が聞いていた人柄と随分違うんだね」

「あら？　どんな話を聞いていたのかしら」

「え、ぁ、そ、それは」

どうせろくでもない話だろう。そもそもアンナは子爵家に引き取られて僅か一年。噂話が立つような逸話もない。

貴族社会では無名同然なのだ。ただしリドル子爵家自体であれば、悪評塗れだった。

――借金で首が回らないのに放蕩《ほうとう》三昧とか、爵位の割に偉そうだとか……どれも本当だし。

そんな事実だけ見れば、アンナがどんな風に囁かれているかなんて想像してしかるべし。ほぼ『とんでもない女だ』と思われているに決まっていた。

――私まで屑の一味と思われるのは業腹だけど、逆の立場なら私だってヤバい一家の娘が送り込まれてきたと警戒するわ。

だからこそ自分に対するダウズウェル伯爵家の扱いもしょうがない面があると受け止めたのだ。納得はしていないが。

「僕……アンナ様とは関わるなと兄上から言われていたんだ」

重苦しい空気が立ち込める屋敷を出て、使用人の視線を気にせず済むようになったためか、カールがぽつりと漏らした。

二人が腰を落ち着けたのは、庭園内にある四阿《あずまや》。

開けた場所に建つそこは、周囲に身を隠す樹々《きぎ》がない。つまり盗み聞きされる恐れは低かった。だからこそ彼の緊張が僅かながら緩んだのが見て取れる。

——とても人目を気にしている。ダウズウェル伯爵邸で働く使用人たちより、今日初めて会った私を信用してくれたということ？　嬉しいけれど、複雑な気分だわ……いったいどんな事情があるんだろう。

何がカールをここまで委縮させているのか。

気にはなるが、アンナはまずは話の続きを促すことを決めた。

「コンラッド様が私を避けるようおっしゃったのね」

「うん……だって今までの婚約者候補の人は、全員すぐに出て行ってしまったから」

さもありなん。アンナは『私でなきゃ無理でしょうね』と言いたいのを堪え、しおらしく瞳を伏せた。

「私、とても嫌われているのね。悲しいわ」

「違うよ。兄上は僕を守るために誰も信用しないし、屋敷に入れたくないんだ」

「え？」

想定していたのは、カールから『嫌っていない』と言ってもらい、協力体制を作ることだったのに、予想したのとは全く違う回答が飛び出して、アンナは内心驚いた。

「貴方を守るって……そういえばさっきも言っていたわね。あれはどういう意味だったの？」

ごく一般的に、若年者を庇護するという内容だと思い、聞き流してしまった。

だが『誰も信用しない』『屋敷に入れたくない』と付け加えられると、もっと深刻な意味合いがあるように思えてくる。

アンナが静かに問いかけると、カールは短くない時間逡巡《しゅんじゅん》した。

言おうか言うまいか迷っているのだろう。アンナが信頼に値するか見極めようとしている。

幼子の必死な様子に、こちらも真摯な態度で応えたいと思い、アンナは決して急かさず黙して彼の決意が固まるのを待った。

ここでカールに不信感を持たれれば、きっと取り返しはつかない。最早どうあがいても、ダウズウェル伯爵家にアンナの居場所は作れないと感じた。

経過した時間は、さほど長いものではない。それでも、いつメイドが戻ってきてしまうかと思えば、やきもきしなかったとは言い切れなかった。

沈黙の間を風が吹き抜けてゆく。

アンナの忍耐力が限界に近付いた頃、やっとカールが口を開いた。

「……お父様とお母様を殺した犯人が身近にいる可能性が高いから、誰も信じるなって兄上が……使用人も婚約者候補も何者かが送り込んだ裏切り者かもしれないって……」

つい大きな声が飛び出したのは不可抗力である。

少年が教えてくれたのは、コンラッドが人間不信で結婚願望がないなんて単純な話ではなかった。もっとずっと血生臭い。そして深い闇を感じさせるものだ。

思い切り狼狽《ろうばい》しそうになったアンナは、俯き震えるカールの姿を見て、ギリギリ己を立て直した。

冷静さを失ってはいけない。咄嗟に周囲へ注意を払い、誰も近くにいないことを確認して彼の耳元へ唇を寄せた。

「ご両親の件は、事故ではないの？」

「兄上は違うと思っている。だけど、他の人たちは誰もきちんと調べてくれない。兄上が病気だからそんな妄想を抱くんだって、初めの頃は入院させられそうになったんだよ。どうにかその話は退けたけど、今度はあらゆる手を使ってうちに干渉してこようとする人が増えたんだ」

「干渉？」

「遠い親戚やらお父様の知り合いやら……初めのうちは親切な顔をして、段々皆兄上を困らせることばかり要求してくるんだ。騙《だま》されたこともあるって、兄上がおっしゃっていた……」

背筋が冷え、アンナは無意識に喉を鳴らした。

今自分はとんでもない秘密に触れてしまったのかもしれない。

カールの話が事実なら、大変な事件だ。しかし全て鵜呑《うの》みにするのは早計だと己に言い聞かせ、アンナは呼吸を整えた。

――仮にカールを信じるなら、前伯爵夫妻は謀殺され、その犯人は身近にいるかもしれないし、コンラッド様はご病気ではないのに病人に仕立て上げられたってこと……？

到底信じたくないことで、眩暈《めまい》がする。

「ひょっとして、邸内の使用人たちをコンラッド様が遠ざけているのは……」

「信用できないからだよ。お母様が亡くなられてから、どんどん人が入れ替えられた。兄上は抗議したけれど、色々混乱している間にミズリー叔母様が女主人代行として強行したんだ。だけどそれはまだ若くて社会経験の少ない僕らを守るためだって言われて――」

夫妻の死が事故でなく故意であるなら、周囲に疑惑の目を向けるのは当たり前だ。

使用人とて信用ならない。しかも長年仕えてくれた人々が追いやられ、新しい者が雇い入れられたとしたら、疑心暗鬼なっても不思議はなかった。

だがあくまでも表向きは、若輩者で不安定なコンラッドとカールのため。力のある親族にそう説明されれば、傷心真っただ中の青年に抗う術はあっただろうか。

まして普通なら爵位を継いでも、男性が屋敷内のことを全て把握するのは現実的ではない。本来女主人が担うことだ。

――年配の親類女性に諭されれば、そういうものかと考え口出しし辛いかもしれない。両親の件で、余計なことを考える余裕はなかったでしょうし。本当に善意なのか、それとも下心があるのか見極められるかしら？　――……あら、だけどちょっと待って。さっきカールは『使用人も婚約者候補も何者かが送り込んだ裏切り者かもしれない』って言わなかった？

それが意味するところは。

「ま、まさか私も間者として送り込まれてきたと疑われているのっ？」

どえらい事実に気づいてしまった。

アンナは『お呼びでない婚約者候補として鬱陶しがられている』程度の認識でいたが、それどころではなかった。よもや自分が殺人犯の一味だと思われていたとは。

答えを聞くまでもなく、カールが気まずげに目を逸らしたことから、明らかである。

コンラッドの両親を弑した上、厚顔無恥にもダウズウェル伯爵家に乗り込んできた犯罪者だと見做《みな》されていたのだ。

――仮にそこまででなくても、敵方に情報を流す恐れがあると疑われているから、あんなに冷遇され遠ざけられていたのね？

アンナはこれまでの人生で、およそ罰せられるほどの大罪を犯したことはなかった。

どちらかと言えば善良な一市民で、信仰心だって多少はある。市井ではまぁまぁ人気者で、子どもからお年寄りまで親切に接するのを心掛けてきたのだ。

――なのに、突然えげつない犯罪の容疑者扱いされていたとは……！　私の人生で一番の衝撃だわ。

クラクラ眩暈がする。精神的な打撃は大きい。

だが、ここに至る諸々《もろもろ》が全て腑《ふ》に落ちた。

──あぁ、なるほどね。それであああいう対応を取られたってこと。心底理解できたわ。うん、コンラッド様のお気持ちも分かる。そりゃ私のことなんて信じられないわよ。絶対に寝首を掻《か》いてきそうだもの。もしくは犯人の手先として、暗躍しそうよね。可愛い弟に近づけたくなくて当たり前だわ。

おそらく、先刻突然現れたのは、アンナとカールが接触したと報告が入ったからではないか。故にこちらをとことん避けてきたのに、慌てて姿を見せたのだ。弟を守るために。

──でも私たちが案外和気あいあいとしていたから、毒気を抜かれた？　または私がちっともへこたれた様子がないのに慄《おのの》いた？

妙な笑いが込み上げそうになる。

けれど面白くもおかしくもない。アンナの腹の底は沸々と怒りで煮《に》え滾《たぎ》っていた。

「……もぅっ、コンラッド様ったらそれなら一人で立ち去らないで、ちゃんと私からカールを引き離して連れて行きなさいよね！　私が本当に悪人だったらどうするのよ」

「……アンナ様を疑っていると告白したのに、怒るのはそこ？」

「状況を考えれば、私が疑われるのは当然よ。むしろのほほんと受け入れられたら、その方が心配になるわ。噂通りご病気が悪化して、判断力が低下しているのかとか」

鼻息荒くアンナは、「そういう事情があるなら、リドル子爵はきちんと説明責任があるんじゃない？　あのクソ爺……っ」と吐き捨てた。

「クソ……？」

「あ、何でもないわ。空耳よ」

子どもの前で汚い言葉を使ってしまった。反省し、笑ってごまかす。

天使の如き少年には相応《ふさわ》しくない暴言なので、アンナは無理やり話題を断ち切った。

——何はともあれ、攻略難易度が爆上がりね。……いえ、やっと現実が見えたと言うべきかしら？

己の立ち位置が把握できた。今のままではアンナにコンラッドの心を決して開けないことも重々痛感した。

——もっと本気を捻《ひね》り出《だ》すしかないわ。

顔合わせができたことに満足している場合ではない。まずはこちらへかかっている容疑を晴らさねば。

アンナは、自分が犯罪者一味ではないと証明するための手立てを考え始めた。

2　抱き枕になった日

何だ、あの女は。

それがコンラッド・ダウズウェル伯爵がアンナに抱いた第一印象だった。

どうせ断る縁談なら相手の顔を知る必要もないと思い、絵姿も確認していなかったのだが、噂程度は耳にしている。

曰《いわ》く、特にこれといった特徴のない令嬢だと。

醜くはないが特別美しくもなく、才気活発とは聞かないし、交友関係が広いわけでもない。

とにかく噂は乏しく、リドル子爵家が大事に育てた箱入り娘とだけ前情報があった。

――しかし身体が弱くて社交は控えていたはずなのに、随分元気そうだったじゃないか。

王都で開かれる夜会や茶会にこれまで出席していなかったのは、空気の綺麗な領地で療養していたからだと説明されていた。興味もなかったので、コンラッドは詳しい病状について問い直すこともしなかったのだが――先ほど顔を合わせたアンナは一般的な貴族令嬢よりもよほど溌溂として見えた。

顔色はいいし、肌の色艶もいい。淡い茶色の髪は滑らかかつサラサラで、菫色《すみれいろ》の瞳に至っては強い生命力が煌めいていた。

手足は適度に筋肉がつき、動きも機敏だったように思う。

とても長年病に苦しんでいた者の姿だとは信じられなかったのだ。

——とはいえ礼儀作法はしっかりしていた。ならば政略結婚のために仕立て上げられた偽者ではないだろう。あの珍しい瞳の色は、父親であるリドル子爵そっくりだしな。夫人には全く似ていないが——

はきはきとしよく通るアンナの声は、彼女の意志の強さを窺わせた。これまでコンラッドが出会ったことのないタイプの娘だ。

おそらく勝ち気で頭がよい。それらを隠し凡庸を装っている節があった。

いささか圧倒され、思わず逃げ出すようにあの場を去るしかコンラッドにはできなかったことが、今更ながら悔やまれる。あれはみっともなかった。

それにカールを置いて撤退したのは、完全なる失敗だ。秘《ひそ》かに弟につけている護衛が守っているから、危害を加えられることはないと思うものの、万が一ということもある。

アンナに余計なことを吹き込まれてやしないか、あの後一日中やきもきした。

幸い、深夜に受けた報告では、しばらく庭園で喋っていただけとのことだったけれど。

——聞いていた話と全てが違う。そもそもリドル子爵家であれば我が家にあれこれ要求できる立場ではなく、令嬢本人も平凡で従順な娘だから御しやすいという触れ込みじゃなかったのか。

両親の死後、次々に持ち込まれる縁談に嫌気がさし、片っ端から断った結果、適当な候補者がいなくなったらしい。

その件は後悔していないし、してやったりと思っている。

しかし癖者ばかりの親族の中で、コンラッドが唯一信頼している叔父に『拒絶したところで次の婚約者候補が宛《あて》がわれるだけだ。このままでは一服盛られて既成事実を作ろうと目論む輩も出るかもしれない。だったらお前の害にならない相手を傍に置くのも手ではないか？』と助言され、受け入れたのだ。

勿論、本気で結婚する気はなかったし、ある程度時間を稼いでくれれば充分だった。

形ばかりの仮婚約者がいれば、多少は周りが静かになる。

その間に煩い外野を黙らせる力を身につけ、コンラッドの閨《ねや》に無理やり女を送り込もうとする者たちを大人しくさせられる。

利用させてもらう婚約者候補は適当にあしらっておけば、いつものように相手側からお断りされると踏んでいた。それなのに。

――あの女は一向に婚約破棄を申し出てこない。それどころかついに屋敷まで乗り込んできた。ぞんざいに扱えば、すぐに逃げ帰ると高を括っていたのに、未だに出ていく様子がないだと……？　いったいどんな鉄壁の精神力なんだ。

いっそ空恐ろしい。

何もかもが規格外だ。コンラッドの手に余る存在なのを、ヒシヒシと感じる。

少し話しただけでも鮮烈な印象を残す、生きる力強さが漲る女だった。

――人見知りの激しいカールがあんなにすぐ懐いたのも信じられない。事前情報がまるで当てにならないじゃないか。性格の違いは勿論、容姿も――

何よりもコンラッドの頭に残っているのは、彼女の輝く瞳。強い眼差しは、こちらをまっすぐ射抜いてきた。臆することなく、真剣に。キラキラと光を反射して。

もう随分長い間、あんなに綺麗で澄んだ双眸を見た覚えはない。この屋敷の人間は誰もが信用ならず、生気に乏しかった。陰鬱な闇に侵食されている。

だからこそ久し振りに目撃した明るさが、殊更眩しく感じられたのだろう。

しかもそこに邪な企《たくら》みが見えなかったと思うのは、ただコンラッドに人を見る目が足りないからなのか。思わず、誠実な女性なのではないかと心を揺さ振られた。

両親を亡くしてから信じていた人に裏切られ辛酸を舐めた経験から、すっかり人間不信になっている。

特に突然近づいてきた者は要注意だ。カールを守るためにも遠ざけるのが得策だった。

――惑わされるな。父と母を殺《あや》めた犯人はまだ見つかっていない。もしもダウズウェル伯爵家を手に入れるのが犯人の目的なら、これから先も警戒を緩めるわけにはいかない。

だから、アンナを信じるのは愚の骨頂。いくら弟に優しく接してくれたとしても、それらは全てこちらを油断させる演技の可能性が高い。

――疲れているから、馬鹿げた夢を見そうになるんだ。

極力他人を信じない方が、いざ裏切られた時に傷つかずに済む。

これまでの経験上、より一層気を引き締めなくてはならないと決意して、コンラッドは痛む頭を抱えた。

――誰にも隙を見せるな。でないとカールを守れない。両親だけでなく、たった一人の弟まで奪われて堪るものか。

疲労感が蓄積した身体は一日中重い。頭痛が治まることはなく、食欲は如実に落ちていた。

そんな状態であるのにも拘らず、今夜も眠気は訪れない。

時刻は既に夜十時近く。今夜もろくに眠れないと諦めて、コンラッドは再び書類に目を落とした。

使用人たちは下がらせたものの、起きている限り仕事を片付けるのが日々の習慣だ。どうせ睡魔が訪れないのなら、積み上げられた書類の束を処理している方が嫌なことを考えずに済む。

そうして今宵《こよい》も鬱々とした時間を潰すつもりだったのだが。

突然、控えめに扉がノックされた。

「……誰だ？」

こんな夜更けにコンラッドの寝室へ訪れる者に心当たりはない。よもや弟に何かあったのかと身の毛がよだつ。

つい鋭く誰何《すいか》してしまったのは、両親の死を知らされた時の恐怖を思い出したせいだった。

あの悲劇の報《しら》せも何ら前触れなくもたらされ、コンラッドは絶望へ追いやられたのだ。

「――あ、よかった。寝室にいらっしゃったのですね。失礼します」

だがてっきり使用人が現れると思っていたのに、開いた扉の向こうにいたのはあまりにも想定外の人物だった。

ある意味、最も思いもよらなかった相手。

その上、あってはならない人間でもあった。

「リ、リドル子爵令嬢……っ？」

顔を覗《のぞ》かせたのは、仮初の婚約者。色々な意味でコンラッドを掻《か》き乱すアンナだった。しかも身につけているのは寝衣とガウン。

貴族令嬢がそんな恰好《かっこう》でフラフラ出歩くなど、衝撃である。それなのに彼女自身は恥じらう様子もなく平然としていた。むしろどこか使命に駆られた厳しい表情をし、「初めて突撃に成功しました」と宣う。

対して自分の方は度肝を抜かれ、内心オロオロしているのを悟られたくない。

実際は妙な汗が止まらないが、ここで慌てふためくのはみっともないと考え、コンラッドは動揺を死に物狂いで押え込んだ。

「こ、こんな時間にどういうつもりですか」

婚約を破棄する気満々のこちらにしてみれば、『よもや既成事実を作りに来たのか』と身構えるのが当然だった。

これまでもそうやって寝室へ忍び込んできた女は少なくない。

中には半裸で待ち構える者までいた。アンナが身につけているのは、寝間着とはいえ露出度が低く、卑猥《ひわい》な意図がまるで感じられない武骨なものではあったが。

――やはり侮れない女だ。カールに優しく接していたのは私を懐柔する作戦で、結局彼女も何者かの思惑で送り込まれた敵だったということか……

心の底で傷つくのは、自分でも気づかぬうちにアンナに対する期待があったからなのか。

容易に惑わされる己の甘さが厭《いと》わしい。

コンラッドはグッと奥歯を嚙《か》み締め、低い声で「出て行ってください」と告げた。

「リドル子爵令嬢、今すぐ部屋にお戻りください。まさか使用人たちに引き摺《ず》り出される不名誉な目に遭いたくはないでしょう？」

「ええ。とりあえず、こちらをお渡ししたらすぐに退散いたします」

「思いの外聞き分けがいい――ん？　渡す？」

すわ夜這いかと擡《もた》げていた軽蔑の念がへし折られた。

ずかずかと室内へ入ってきたアンナが差し出したのは、硝子《がらす》瓶入りの飴玉《あめだま》。まるで意味が分からず、反射的にコンラッドは受け取ってしまった。

「こ、これは？」

「飴玉です」

見れば分かる。

瓶の中には半分程度、色鮮やかな丸い飴が入っていた。いかにも身体に悪そうな毒々しい色味である。

元来甘いものが苦手なコンラッドには価値がよく分からない。戸惑いの中、瓶とアンナの間で視線を往復させた。

——いったい何のつもりなんだ？　夜更けに男の部屋へ押しかけ、飴玉を手渡す理由が全く思いつかない。

「私が思うに、コンラッド様には休養も栄養も足りていないのではありませんか。お世辞にも顔色がいいとは言えませんし。そこで、ひとまず糖分だけでも摂取していただこうと考え、こちらを差し上げに参りました」

「……？」

説明されても疑問符は一向に消えない。逆に増えた気もする。

緊急事態でもあるまいし、菓子如きを渡すために未婚の令嬢が何故男の部屋へ――という謎は一つも解明されていなかった。

――これは言い訳に過ぎず、やはりリドル子爵令嬢の本当の狙いは、私との既成事実を作ることか？　こんな場面を目撃されれば、彼女の父親に『責任を取れ』と騒がれかねない。

「いりません。私はこういったものを食す習慣がありませんので、お引き取りください」

コンラッドはベッドから立ち上がり、瓶をアンナに押し付けた。

奇妙な事態に気圧《けお》されていたが、ここは体勢を立て直さなくては。動揺を微塵も感じさせない優雅な足取りで、コンラッドは彼女を扉の方向へ誘おうとした。だが。

「私のとっておきの宝物を献上するのですよ？　この瓶一つを手に入れるのに、私がどれだけ頑張ったと思っているのですか？」

いきなりアンナが眦《まなじり》を吊《つ》り上げ、コンラッドは唖然《あぜん》とした。

おそらく彼女は普段感情的にならない。昼間の様子を見る限り、基本理性的な女性なのではないか。けれどそんなアンナがやや声を荒げ、不快感を露《あら》わにしていた。

しかも原因はどうやら飴玉。

ますます不可解な状況が理解できず、コンラッドは戸惑いで視線を揺らした。

「た、宝物？」

食べかけの菓子が？　と問いたいが、憤慨した様子の彼女に迂闊《うかつ》な質問は憚《はばか》られた。

それにこう言ってはアレだが、飴玉は正直安っぽい。少なくとも貴族の淑女が好む、豪華かつ繊細に飾り立てられた見た目ではなかった。

途轍もない安価ではないだろうが、精々平民が多少の背伸びをして買い求めるもの、といった風情だ。

そんな代物を子爵令嬢であるアンナが『宝物』と称するのは違和感がある。

コンラッドは困惑し、じっと彼女を見返した。

「そうです。コツコツ貯《た》めていたお金でようやく手に入れたんですよ。それもあの家での監視を掻《か》い潜《くぐ》って入手したんです！　大事に食べていたとっておきです。それをお譲りするんですから、感謝してくださいね」

「金を貯める？　監視？　いったい何の話なんですか？」

話せば話すほど混迷が極まる。

コンラッドが首を傾げると、アンナは「あ」と呟《つぶや》いた。

「ま、まぁ、詳しいことは気にしないでください。とにかくこの飴玉は私にとってとても大切なものなのです。けれどコンラッド様に差し上げます」

「だからいらないと言ったではないですか」

欲しくもないものを恩着せがましく押し付けられるなんて、どんな嫌がらせだ。しかも意味不明である。

眉間の皺が深くなるのを感じつつ、コンラッドは嘆息した。

「リドル子爵令嬢が何故私にそれを渡すのか知りませんが、必要ありません。そんなことよりも早く部屋から出て行ってください」

「甘いものを食べると、頭の働きがよくなって気分が晴れますよ。体力だって回復します」

「私は甘いものを好みません。そもそもこんな遅い時間、何も口にするつもりはない。さ、二度とこんな真似《まね》はやめてください」

半ば強引に扉の外へ彼女を押し出そうとすると、アンナは脚を踏ん張って抵抗してくる。思いの外力が強い。

とても身体の弱い令嬢とは思えず、こちらもむきになって彼女を押そうと試みた。

「でしたら、今夜でなく明日の朝でも食べてください」

「結構です。貴女の宝物なのでしょう？　ご自分で食べてください」

互いに一歩も譲らず、押し合いになる。あまり大声を出すと誰かが様子を見に来る可能性もあり、騒ぎ立てるのは得策ではなかった。

こんな場面を見られて困るのは、コンラッドも同じだ。最悪結婚から逃れられなくなる危険もあり、人目に触れたくないのが本音だった。

「も、もうっ。無理に押さないでください」

「突き飛ばさないだけでも感謝してください。これ以上私を苛立たせるなら、容赦しませんよ。

ただでさえ毎日疲れているのに、煩わせないでいただきたい。もし私の気を惹《ひ》くためになさっているなら、逆効果でしかありません」

わざと冷徹な口調で告げる。

別に彼女にどう思われても構わない。どうせ破談になる仮婚約だ。

ならばここで思い切り嫌われておくのも悪くないと考えた。

「はい？　お菓子で大人の気を惹けるなんて考えていませんよ」

「その程度は理解していただけるんですね。では速やかに退出してください。私のことは放っておいてくださるのが、一番望ましいです」

「……っ、だったら！　カールに心配されるような真似はやめてください！」

わけの分からない言動を繰り返すアンナにうんざりし、いっそ抱え上げて廊下へ連れ出してしまおうかと思案していると、彼女が険しい顔で叫んだ。

何故ここで弟の名前が出てくるのか、全く脈絡がない。人間、想定外のことに見舞われると、一瞬判断が鈍るものだ。

コンラッドも例に漏れず、アンナの肩を押していた手が止まった。

「カールに何の関係が？」

「大アリですよ。だってカールは兄であるコンラッド様のことをとても心配しています。貴方はご自分が今、どんなに顔色が悪く生気がないか、自覚がないのですか？　お忙しく悩みが多いのは察しますが、せめてご自身の体調くらい整えてください。最低限、幼い子が心を痛めないよう配慮するのが、大人であり家族の気遣いではありませんか。守りたい対象を不安に晒《さら》しては、本末転倒でしょう」

痛いところを突かれ、咄嗟に反論できない。

言葉に詰まったコンラッドは、再び飴玉の入った硝子瓶を押し付けられた。

「一応断っておきますが、別にコンラッド様に取り入ろうとしてこれを差し上げるわけではありません。まぁ、好印象を持ってもらいたい気持ちが全くないとは申し上げませんが、何よりもカールのためです。そうでなければ、大好物の飴玉を手放しはしませんよ！　でも今の私にできるのは、この程度なので！」

アンナの菫色の瞳がキラキラと煌めく。

力強い輝きは、コンラッドを魅了する。一秒にも満たない刹那だが、鮮烈に惹きつけられた。

「私に煩わせられたくなければ、健康になるよう努力なさって。そうすればお節介はやめますよ。自分でも大きなお世話なのは分かっていますが、困っている人を無視できない性分なんです。構われたくないなら顔色くらい改善してくださいね」

「え……」

「……ぁ。ひょっとして私がこの中に毒物でも仕込んでいると疑っています？」

そんなことは考えていなかったので、虚を突かれる。しかし驚いたこちらの様子から何かを感じ取ったのか、彼女は不満げながらやや寂しそうに視線を逸らした。

「まぁ、その気持ちは重々理解できます。ですが、神に誓って毒物なんて混入しておりませんので、安心してください」

言うなり、アンナは素早く瓶から飴玉を一粒取り出し、自らの口の中へ放り込んだ。

「……っ?」

「これで身体に害のあるものではないと信じてもらえますか? 飴玉はどれも見た目が一緒で、適当に一つを選びました。万が一毒が入っていれば、私も無事では済みません」

「い、いや、そんなことを考えたわけでは……」

「騙されたと思って、明日の朝や疲れを感じた時に飴を舐めてください。甘いものがお好きでなくても、これは特別美味《おい》しいんですよ。きっと元気が出ます。……母が一度だけ買ってくれた思い出の品なんです」

後半は小声過ぎて聞き取れなかった。

問い返そうにも、彼女がくるりと背を向ける。先ほどまでは断固として部屋を出て行こうとしなかったのに、突然軽やかな足取りで去っていくものだから、コンラッドは取り残された形になった。

手の中には硝子瓶。成人男性が持つには、あまりにも可愛らしい色鮮やかな飴玉入り。

場違いな置き土産がカラリと音を立てた。

それからもう一つ。

甘い残り香がコンラッドの鼻腔《びこう》を擽《くすぐ》った。

言わずもがな、飴の匂いだ。だがそれだけではなく――

――いったい何だったんだ……

閉じた扉の前で突っ立ったまま、動けない。今はもう室内にいないアンナの存在感が、不思議と生々しく残っている。彼女の、香りも。

自分を誘惑しにきたのでないなら、本当にこの飴玉を渡すためだけに夜遅く一人で男の部屋へ押しかけたのだろうか。

無防備にも寝衣姿で。ただカールのために。そしてコンラッドの体調を案じて。

――私に疎まれていることは、重々承知しているだろうに……それでも気遣ってくれたのは、純粋な善意……？

打算の感じられない真っすぐな双眸が脳裏にチラつき、コンラッドは大いに狼狽した。アンナはこれまで目にしたどんな令嬢とも違う。

あまりにも突飛で想定外。

目を閉じると、飴玉を転がす小さな舌が脳裏をチラつく。それが妙に淫靡《いんび》に感じられ、コンラッドは慌てて残像を振り払った。

――馬鹿な。どうしてこんな落ち着かない気持ちになる？

今夜の出来事をどう解釈すればいいのかまるで分からず、いつまでもぼんやり佇《たたず》むことしかできなかった。

◇◇◇◇◇

今日も今日とて惨敗である。

強行突破もやむなしで執務室だけでなくコンラッドの寝室まで押しかけようとしてみたが、見事に妨害されてしまった。

結局アンナはあの偶発的な出会いと奇跡的に成功した寝室への特攻から一度も彼と顔を合わせられずにいる。

むしろ鉄壁の防壁は、より強固になったと言っても過言ではなかった。だからコンラッドが飴を舐めてくれたかどうかも確認のしようがない。

——一つだけ成果があるとすれば、カールとは仲良くなれたことかしら。

あの日以来、愛らしい少年は段々アンナに懐いてくれた。今では毎日一緒に食事をし、遊んで、沢山の会話をする仲だ。

カールは特に歴史の話を好み、アンナの話を夢中で聞き入ってくれる。たぶん、遊び相手に飢えていたのだろう。それから誰が敵か分からない環境に疲れ果てていたのか。

――弟に接近するのを許されただけでも、進歩なのかな。カールが私に会いに来てくれるってことは、コンラッド様に禁じられていないってことよね？

どうやらそれくらいの信用は得られたということ――だと思いたい。

カールに行動制限はかけられていないようで、彼は自由にアンナの元へやって来る。

――でもこっそり護衛を付けられている辺り、コンラッド様は私を疑っているみたい。うーん、まだ完璧に信用されるには時間がかかりそうね。

未だ出発地点にも立てていない気もするが、一向に誰とも関りが持てなかった時よりは、改善されていると言って差し支えあるまい。

現状のままならなさに落ち込みそうになるものの、『良かった点』を敢《あ》えて探し、アンナは自身を励ました。

「……アンナ様？」

物思いに耽《ふけ》っていたアンナは、こちらを覗《のぞ》き込《こ》む無垢な瞳と視線が合った。

可愛い。

大きく潤んだ瞳はキラキラしている。こうして至近距離で見つめてもカールとコンラッドの目鼻立ちは酷似しているのに、何故こうも印象が違うのか。

こちらはアンナをキュンとさせるのに対し、あちらは一瞬たりとも油断してはならない緊張を強いられる。

たった二度の邂逅を思い出し、アンナは秘かに身震いした。

「あら、私ったらぼぅっとしていたわ。ごめんなさい、何の話だったかしら？」

本日はアンナの部屋で二人きりささやかなお茶会を開催していた。

ちなみに入室した途端、カールが『えっ、こんな場所にアンナ様を……？』と驚愕《きょうがく》していたが、特に不満はないので『広さは丁度いいですよ。ほら、窓からの景色も最高でしょう？』と笑い、話題を逸らした次第だ。

――小さな子に気を遣わせちゃ駄目よね。

「……兄上のせいで悩んでいるんだね」

だがこちらの態度をどう解釈したのか、カールは悲しげに睫毛《まつげ》を震わせた。

何やらとても傷ついて見える。

兄がアンナを冷遇しているのが原因で、悲しんでいると思ったらしい。もっとも悲しんでいるかどうかはともかく、それは真実なのだが。

「えっと……住めば都ですし、私は本当に平気よ」

そこに嘘も誇張もない。けれど純粋な少年はアンナの強がりだと受け取ったようだ。

「やっぱり、アンナ様に対する扱いはおかしい。そりゃ僕も初めは敵なんだと警戒していたけど……僕に危害を加えるつもりなら、とっくに手を下しているはずだもん！」

信頼を寄せてくれて嬉しい。改めて可愛いなぁと噛み締めつつ、アンナは唇で弧を描いた。

──もういっそ、ここに置いてもらえるならカール付きのメイドとして雇われたいくらいなんだけど、この子は私を兄嫁として慕ってくれているのよね。だったらその気持ちを無下にしないためにコンラッド様とも懇意になりたいなぁ。

己の居場所確保だけでなく、可哀相な少年の拠《よ》り所《どころ》になるべく、目標が一層鮮明になった。

──そうと決まれば、コンラッド様と接近するためまた作戦を練り直さないとね。不定期な突撃も、待ち伏せも不発だから、次は彼の部屋から見える位置に一晩中立っていようかしら？

いや流石に不審者過ぎる？

「アンナ様、僕に任せて。兄上に待遇の改善を伝えてくるよ」

「へ」

自力でやる気満々だったアンナは、カールの言葉に驚いた。彼を見れば、使命感に燃えている。

役目ができたと意気込んでいるのか。その姿は生き生きとし、数日前のオドオドした様子とは比べ物にならない。こんなにも生命力を漲らせているカールに『いや、結構です』とは言えなかった。

「あ、無理をしなくてもいいのよ？」

「ううん。本当は兄上だってアンナ様がこれまでの婚約者候補とは違うって思っているはずなんだ」

でしょうね、と相槌《あいづち》は打てず曖昧に微笑む。

するとカールはますますやる気を迸《ほとばし》らせた。

「今から兄上に会いに行こう。アンナ様！」

「今からっ？」

急展開に愕然とする。足踏み状態だった事態が急激に動き、戸惑いを隠せない。

しかし躊躇《ため》らうアンナを『遠慮』と捉えたカールに手を引かれた。

「うん。この時間なら兄上は礼拝所にいるよ。あともう少しでお仕事に戻っちゃうけど、今なら会えると思う。執務室と礼拝所は特別な通路で繋がっているから、直接行き来できるんだよ。……ぁっ、これは家族しか知らない内緒の話だった……！　でもアンナ様はもうすぐ兄上のお嫁さんになるんだから、いいよね？」

「も、勿論よ、カール。言い触らしたりしないわ」

そうだったのか。アンナもこの屋敷に来て以来何度か礼拝所へは行っていた。だが一度もコンラッドと遭遇したことはない。

避けられていたのもあるが、外に出ることなく移動できる秘密の経路があるなら、彼をなかなか捕まえられなくて当然である。

いくら扉の前で張っていても、どうりで会えなかったと納得した。

――屋敷の間取りを把握していても無駄だってことね。

カールに導かれ、アンナは礼拝所へ向かった。途中アンナを遮る者はいない。一緒にカールがいるのと、コンラッドの居場所を大半の使用人が正確に把握していないのが理由のようだ。その証拠に、執務室方面への通路は複数の人影が見て取れた。

――もしかして、コンラッド様は私だけでなく使用人たちも避けるため、居所を曖昧にしていたのかな。

たぶんその想像は正しい。これまでの苦労が何だったのかと思うほどアッサリ、アンナは礼拝所で彼と顔を合わせるのに成功したのだから。

――捕まえたぁ！

最初に頭に浮かんだのは、勝利の雄叫《おたけ》び。

驚愕に固まるコンラッドが身を翻す前に、アンナは素早く進路を塞いだ。それもカールとの挟み撃ちだ。ここが狭い礼拝所で動きを制限されるのが功を奏した。

出入り口さえ押さえてしまえばこちらのもの。じりじりと獲物との距離を詰め、見事確保に至ったのである。

「奇遇ですわね。私もカールと一緒に祈りを捧《ささ》げようと思いましたの！」

「兄上がいるなんて、すごい偶然だね」

打ち合わせでもしたかのようにアンナとカールは『たまたまだ』と言い切った。

ダウズウェル伯爵家に来て以来、爆速でアンナの面の皮が厚くなっている気もするが、そんなことはどうでもいい。

前回と同じ失敗はすまいと、もう一歩コンラッドに向って足を踏み出した。

「そう、ですか。では私はもう出ていきますのでごゆっくりどうぞ」

「そんな。私が追い出したみたいで心苦しいです。どうぞ心行くまでお過ごしになって」

言葉と声は嫋やかに、しかし彼の上衣を掴んだアンナの手はギッチギチに握りしめられていた。

それにコンラッドは気づいたのか、口元がやや引《ひ》き攣《つ》っている。さりとてこちらは一歩も引く気がなかった。

きっと潤ませた瞳の奥には闘争心が燃えている。どこかギョッとした彼にも見て取れたらしい。

「いえ、私は多忙なので」

「僕、兄上とお話しするのは久し振りだよ？　もう少しだけ一緒にいて」

か細く告げたカールはとても儚げだ。大事にしている弟の懇願を無視できないのか、一層コンラッドは追い込まれて見えた。

「カール、我が儘《まま》を言わないでくれ」

「前回一緒に食事をとったのは、一週間前だよ？　あれから兄上は深夜も仕事で、『おやすみなさい』のキスもしてくれないじゃないか」

「そうなの？　こんなに小さな子に寂しい思いをさせるなんて……」

「ちょっと貴女は黙っていてくれませんか。これは家族の話です」

アンナは反射的に口を挟んでしまったものの、そう言われてはこれ以上しゃしゃり出られない。自分は今婚約者候補だが、実際には居候に過ぎないためだ。あまり大きな顔をしては追い出されかねず、口を噤むより他になかった。

しかし逆にそれがカールに火をつけたらしい。

「兄上！　どうしてそんなひどいことを言うのっ？　アンナ様は僕の姉上になるんだよね？　それならもう家族じゃないか！」

悶絶《もんぜつ》必至の愛らしさに、危うく天に召されてしまいそうだ。アンナは『くぅっ』と感嘆の声を上げかけ、寸前で耐えた。

「その件は決定事項じゃない」

「僕、アンナ様以外の姉上は嫌だ！」

どちらかと言えば弱々しい印象だったカールがこんなにも必死になってくれていることに、感激せずにいられない。

意外に感じたのはアンナだけでなくコンラッドも同様だったのか、明らかに弟を宥めあぐねていた。

「子どもには関係ない」

「家族の話なんでしょ！　だったら僕を仲間外れにするのはおかしいよ！」

「とにかく落ち着きなさい」

「やだやだやだ！」

完全に駄々《だだ》っ子になったカールに手を焼くコンラッドは、凍り付いた表情の陰鬱な青年ではなかった。年相応のお兄ちゃん。どこにでもいる、弟を愛する普通の人だ。

今の場面だけを切り取れば、全く精神的に不安定とは思えない。弟を抱き上げようと手を伸ばせば暴れられ、さながらビチビチ跳ねる巨大魚を抱えているようである。

普段大人し過ぎるくらいのカールに冷徹に見えるコンラッドが振り回されているのが面白くて、アンナは思わず吹き出してしまった。

「ふ……っ、あははっ、二人ともこうしていると、本当にそっくりな兄弟ですね。とっても微笑ましいです」

どちらもアンナがこれまで見たことのない姿。新鮮であり、素の部分に触れられた事実が嬉しかった。

「ふはっ、ははっ、本当におかしい」

普通貴族令嬢は大口を開けて笑わないものだが、アンナは一年以上気取った生活を心がけていた反動で、一度声を出して笑うと止まらなくなった。

もう腹が捩《よじ》れんばかりである。

涙が滲み一向に治まらない。人目も気にせず、思い切り声を上げて笑い続けた。

それにつられたのか、カールもクスクスと笑み崩れる。弟を抱えたコンラッドは呆然としていた。

——あ、しまった。品がないと思われてしまうかな?

そう思ったものの、依然としてコンラッドはカールを横抱きにしたまま。その現実離れした光景が余計に笑いのツボを刺激し、よりアンナは全身を震わせた。

「も、もう駄目。コンラッド様が真剣なご様子なのも面白過ぎる……!」

「なっ、私は面白いことなんて何もしていません」

生真面目な受け答えは狙っているとしか思えなかった。不条理な事態に、整った顔立ちが不釣り合い。その差異がより笑いを産むのだ。

再度吹き出したアンナは、ひぃひぃ呼吸を乱した。こんなに爆笑したのは、母が生きていた当時もない。本気で心から笑顔が溢れた。

「……貴女は、私が知る他の令嬢とは随分違うのだな……」

漏らされたコンラッドの言葉は、どういう意図なのか判じかねる。

呆《あき》れているのか。侮蔑が込められているのか。だがアンナにはそう悪い意味には聞こえなかった。みっともないと言われても仕方のない醜態を晒したけれど、彼の声音がどこか温かかったからだ。

「失礼しました。ふ、ふふっ、決して馬鹿にしたのではありません。ただコンラッド様の素顔にほんの少し触れられた気がしたのです。それが私には嬉しくて」

屈託なくアンナが告げれば、彼は虚を突かれた顔をした。その隙に、カールが兄の腕から逃げ出し無事床に着地する。

行き場を亡くしたコンラッドの手は、そのままゆっくり下ろされた。

──あれ？　何だか様子が変。私ってば失言してしまった？

やはり笑いながら『馬鹿にしていない』と言っても、説得力がなかったか。むしろ無礼千万だと怒らせてしまった可能性がある。

思い至った結論に慌てふためき、アンナはコンラッドにどう言い訳しようか考えた。

「そ、その、私が申し上げたかったのは──」

「……少し誤解があったようです。貴女は本当にカールと打ち解けて、他意はないように思える。過剰に警戒して、申し訳ありません」

「え……っ」

まさか謝られるとは想定もしておらず、アンナは大いに驚いた。僅かながら、コンラッドの壁が低くなったのを感じる。表情も若干柔らかくなった。

とはいえ謝罪に慣れていないのか、彼は視線を逸らしている。あまりにも明後日の方向を向いているので、一瞬アンナは『私に言ったのではないのかな？』と訝ったほどだ。

「兄上！　ごめんなさいはちゃんと言わないといけないって、いつも僕に注意するじゃないか！」

そこへカールの声が飛んできて、コンラッドは眉を震わせた。

葛藤があるのだろう。アンナへ頭を下げなくてはという良識と、様々なプライドがせめぎ合っているのが見て取れた。

「あ、いえ、私なら大丈夫です」

無理に謝罪させる趣味はない。おそらく彼にとって格下の女に詫《わ》びるのは、屈辱なのが窺える。本心では絶対に過ちを認めたくないはずだった。

往々にして貴族とはそういうものだ。アンナのよく知るリドル子爵家の面々の傲岸不遜さと比べれば、コンラッドの態度は天と地ほどの大差をつけてマシである。だからこそ、最大限の譲歩をしてくれたのは伝わってきた。

――一応は謝ってくれたのなら、充分よ。それに存外話が通じると分かっただけでも大収穫だわ。

これを機に関係改善を望めるなら、問題ない。

だが、コンラッドは意を決したようにアンナへ視線を据え、胸に手を当てると姿勢を正して首を垂れた。

「許してください。貴女には失礼な真似をしました」

本気の、謝罪だ。

リドル子爵家の人々であれば、あり得ないこと。そもそもアンナが直接知る貴族は彼らだけなので、上流階級の人間に微塵も期待なんてしていなかった。それなのに。

──嘘……伯爵ともあろう人が私に謝るなんて……夢？

とても現実とは信じられない。唖然としたまま固まるアンナに、コンラッドは改めて「私が間違っていた」と告げてきた。

「この数日間じっくりと観察していましたが、貴女はこれまでの打算塗れの女たちとは違う。彼女らのうち一人も誠実にカールと向き合ってくれる者はいなかった。あの子を笑顔にしてくれただけでも感謝しています」

「や、そんな……私も楽しい時間を過ごさせてもらいましたし」

アンナが突然の謝辞に戸惑っていると、コンラッドはようやく頭を上げ、こちらと視線を合わせてきた。

「弟を邪険にせず気にかけてくれたのは、貴女だけです」

ほんのりと彼の口角が上がる。ひょっとして微笑んだのかもしれない。

初めて目にするコンラッドの笑顔らしきものに、アンナは瞠目した。一瞬、呼吸も止まる。

不本意ながら、見惚《みと》れていたのだと思う。

だがそんな時間は、次の一言に砕かれた。

「――けれど結婚の件は話が別です。私は誰とも婚姻する気はない。勿論、貴女との縁談も破談にするつもりでいます」

「はい？」

ここに至ってキッパリ『結婚する気がない』と言われるのは大打撃だ。ただ避けられているのと、ダウズウェル伯爵本人に言葉にして断られるのは、重みが違う。

破談に向け、本格的に話が動き出す予兆に、アンナは慌てふためいた。

「まだ私たち、少しもお互いを知り合っていないではありませんか」

「政略結婚にそういったものは不要でしょう。それに、私には貴女と結婚する利点が特にありません」

不名誉な悪評が流れていようが、初めから妻を迎える気が皆無なら、痛手にはならないと言いたいらしい。

いずれ養子を迎えるか、弟に爵位を譲れば事足りるのだから。

――不味《まず》いわ。これ、本気のやつよね？　そこまで私との結婚を拒否するなんて――

「兄上、まだそんなことを言っているの？　一生独身でいるつもり？　僕、他の女の人が姉上になるなんて嫌だし、兄上にも幸せになってもらいたいのに……！」

「子どもには関係ないと言っただろう。ほら、もう部屋に戻りなさい」

冷静さを取り戻したのか、コンラッドはすっかり無表情に戻っている。冷徹な空気を漂わせ、取り付く島もなかった。

話はこれで終わり、という雰囲気はカールにも読み取れたのだろう。

少年は顔を真っ赤にし、悔しげに眉根を寄せた。

「……だったら、せめてアンナ様のお部屋をちゃんとしたものにしてよ。物置へ通すなんてひどいよ！」

──え、あれ、物置だったの？

とんだ流れ弾に撃たれた気分である。アンナには上等な部類の部屋だったが、ダウズウェル伯爵家にとっては客人に宛がうものではなかったらしい。

──わぁ……だとしたら私を貴族令嬢と信じている人には、平然と居座る私がさぞ奇妙に見えてことでしょうね……

「──分かった。それは考慮する」

コンラッドが渋々の態で頷き、いよいよこの件についての話は終了した。

実際、時間的にもお開きだ。彼は仕事に戻らねばならないようで、慌ただしく時計を確認すると秘密の通路を通って去っていった。

コンラッドに上手《うま》く言えなかったと落ち込むカールを慰め、ひとしきり共に遊んだアンナが部屋に戻ると、そこは再び布がかけられ使えなくなっていた。

しかも待ち構えていたメイドに『どこへ行かれていたのですか？　ずっとお探ししていたのに！』と責められ面食らう。

話を聞くと、アンナは今日から別の部屋へ移動することが決まったそうだ。

――あ……カールがコンラッド様に進言してくれたから、早速他の部屋を用意してくれたの？

まさか本当に新たな部屋を準備してくれるとは思っていなかった。あの場限りの口約束だとしか捉えていなかったので、心底意外だ。

――完全に嫌な奴《やつ》ではないのよね。頑固で難攻不落の強敵だけど、そういうところは誠実だわ。……新しい部屋を用意してくれたということは、すぐに追い出されないと思っていいのかな？　まさか屋敷から追い出す前段階じゃないわよね……

一番気にかかるのはその点。アンナにとっては、何より重大な問題だ。この際部屋が物置だろうが廃屋だろうが、そこは争点ではないのである。

内心ビクビクしながらアンナがメイドについてゆくと、案内されたのは前と比べるのもおこがましいくらい広くて日当たり抜群、内装は華やかかつ上品、調度品は贅《ぜい》を凝らした素晴らしい部屋だった。しかも続き部屋まである。

完全に最上級の客室。または女主人の寝室に相当するのではないか。

「え……っ、ここを私が？」

「はい。コンラッド様のご命令で、本日からこちらを使うようにと」

リドル子爵夫人の部屋よりもずっと豪華だ。趣味もいい。

よもやここまでの待遇を受けられるとは考えていなかったので、アンナは大いに動揺した。

いくら何でも分不相応。椅子やらソファーの数が無駄に多くて、どこに座ればいいのかも分からない。すっかり狼狽し、困り果ててしまった。

――私に居心地悪い思いをさせる、新しい戦法？　そうでも考えなきゃ、いきなりの掌返し《てのひらがえし》が納得できないわ。

侮れないなと身震いすると同時に、気を引き締める。メイドの前でオタオタするのは、悪手だと思ったからだ。

――この使用人が敵か味方かも分からないし、どちらにしても私の行動は全部コンラッド様に筒抜けよね。だったら侮られないよう、極力みっともないところは見せちゃいけない。

「そう、ありがとう。すぐに休めるように整えてくれて、嬉しいわ。もう下がっていいわよ。少し横になりたいの。呼ぶまで放っておいてくれる？」

「かしこまりました」

気取ったアンナの言葉に、メイドは頭を下げて退出した。残されたのは、場違いな部屋に内心冷汗が止まらないアンナのみ。

扉が閉まると一気に気が抜けて、そのままベッドへ倒れ込んだ。

——扱いが極端で、まんまと弄ばれている気分よっ？

ままならない感情を処理できなくて、枕に顔を押し付けることで発散した。

皮肉なことに、ベッドの寝心地は最高だ。あちこち花まで活《い》けられており、室内はいい香りで満たされていた。

——歓迎されているのかなって、勘違いしちゃうじゃない。

熱くなった頬を誰にも見られなくてよかった。

そうしてぐちゃぐちゃな感情を持て余すうち、アンナはいつしかうたた寝していたらしい。

色々あって、疲れていたのは否めない。

ハッと気づくと、窓の外は暗くなり、室内にはランプが灯《とも》っていた。

——え、もう夜？　私どれだけ寝こけていたの……

自分でも呆れてしまう。相当ぐっすり眠っていたらしく、メイドが出入りしたことにも気づかなかった。当然、食事も入浴もしていない。

昼間のドレス姿のまま惰眠を貪っていたらしい。

——こんなに熟睡したのは、いつ以来かな。やっぱりいいベッドって安眠を誘うのね。

涎《よだれ》が垂れていないのに安堵《あんど》し、時刻を確認する。すると思ったよりも夜更けではなく、まだ二十一時を回ったところだった。

──うーん、今からメイドを呼んで軽食やお風呂を要求するのは気が引けるな……

どちらも一日くらい抜いても問題あるまい。そう判断し、アンナはサクサクと自ら寝衣に着替えた。あたりをつけたクローゼットに夜着が入っていて幸いである。

そこでハタと思い立った。

──そういえば、カールは多忙なコンラッド様に最近お休みのキスもしてもらえないって言っていたな……この時間なら丁度眠りにつくんじゃないかしら。

あの時、小さな子が何て健気で哀れなんだと堪らない心地になったものだ。

──きっとコンラッド様は今夜もお忙しいでしょうし、私が代わりにしてあげようかな。そりゃ、兄からのキスの足元にも及ばないだろうけど──私だってお母さんが亡くなってからすごく寂しかったもの。

人の温《ぬく》もりが恋しかった。一日の終わりに微笑み合える相手がいるのは、貴いことだ。なくしてから気づいても、取り戻せない。アンナが一人寂しく嗚咽《おえつ》を噛《か》み殺《ころ》したのは、一晩や二晩ではなかった。

当時の悲しみを思い出し、居ても立ってもいられなくなる。アンナは部屋を抜け出すと、カールの寝室へ向かった。

まだ働いている者がいるのか、階下からは物音がする。しかし主らの部屋があるこの階は、静まり返っていた。

おそらくコンラッドはまだ執務室にいる。シンとした空気は寒々しく、子どもならば心細くなっても当然だった。

——きっと礼拝所での元気なカールが本来のあの子なのよね。もっと子どもらしくいていいんだよって伝えてあげたい。

そのための一歩として、アンナは是非ともお休みのキスを贈りたかった。

覚えた間取りを頼りに、薄暗い廊下を進む。部屋を移動したおかげでカールの寝室が近くなったのは幸運だった。階段を使うことなく、すぐに目的の扉の前へ到着する。

ノックをして声をかければ、部屋の中から驚き混じりの少年が出迎えてくれた。

「アンナ様……！　どうしたの？」

「カールにお休みなさいと言いたくて」

「そのために来てくれたの？」

感激したのか、たちまち彼の瞳が潤みだす。カールは既に眠る準備を整えていたらしく、寝具が少し乱れていた。布団の上には、沢山の本や玩具《おもちゃ》が置かれている。それらで侘《わび》しさを埋めていたに違いない。想像すると、アンナの胸が痛んだ。

「嬉しい。ありがとう、アンナ様」

染まった頬が愛らしい。ぷくぷくで触りたくなる。

アンナは改めて彼をベッドに寝かせ、頭を撫でてやった。

「これからはカールが嫌でなかったら、毎晩来てもいいかしら？」

「勿論だよ！　むしろ来て！」

「うふふ。いい夢を見られますように。お休みなさい、カール」

「お休みなさい、アンナ様」

はにかんだ少年はすぐにウトウトし出した。本当は眠気があったのに、寂しさから上手く寝付けなかったらしい。

そのことにも憐れみを覚え、アンナはカールの呼吸が完全に寝息に変わるまで見守った。

――ずっとこの子の傍にいてあげたいな……

不幸な子は減らしたい。そのための助けに自分がなれるなら、こんなに嬉しいことはなかった。

――本当はカールだけでなく、コンラッド様にも幸せを感じてほしいんだけどね。その過程で私も平和な人生を送りたい。

天使な少年があれほど慕っているのだから、兄だって根はいい人に決まっている。

などと考えながら、アンナは足音を立てないよう細心の注意を払い、カールの寝室を後にした。

先ほどより更に邸内の空気が冷たく感じられる。

思わず自らの両腕を摩《す》りながら歩き出した時。

「あ」

今度こそ真実偶然、コンラッドと出くわした。

あちらも予想外だったのか、驚きに目を見張っている。アンナは妙な疑いを持たれては堪らないと、慌てて両手を左右に振った。

「疚《やま》しい目的で歩き回っていたのではありませんよ！　カールにおやすみなさいと言いに行っただけです！　もうぐっすり眠っていますよ」

口にしてから言い訳がましいと思ったが、事実なのだから仕方ない。

ここで怪しいと思われては、せっかく昼間ほんの少し改善した関係が台無しである。

だが焦るアンナとは裏腹に、彼はフッと口元を綻ばせた。

——笑った——

ぎこちなくはあるものの微妙な表情ではなく、完全に笑顔だ。

コンラッドが初めて見せてくれた顔に、アンナの胸が大きく脈打った。

「別に疑っていません。丁度私も今からあの子の部屋へ行くつもりでしたが、既に眠ってしまったんですね……今夜もカールが起きている時間には間に合わなかったな。本来私がすべきことを、ありがとうございます」

「あ、いえ、そんな大袈裟に考えていただかなくても」

しかし会話は上手く続かない。落ちた沈黙の狭間《はざま》で、互いに狼狽《うろた》え気味《ぎみ》だった。

「――それでは、私はこれで。貴女もゆっくり休んでください」

「あ。待ってください！　その、私にはもったいない部屋をありがとうございます」

擦れ違いかけた彼を慌てて引き留める。咄嗟にコンラッドの手を掴んでしまい、驚いたのはアンナだった。

「いえ、これまで私が非礼を働いていただけです。礼にはお及びません」

「とんでもない。前の部屋だって不満はありませんでしたよ？　隙間風は吹かないし、鼠や虫も出ませんでしたから」

「罪人でもあるまいし、いくら何でも……」

気持ちが空回って、言わなくていいことを口にしてしまった。生粋の令嬢であれば、そんな荒れた部屋があることも想像できないだろう。

これではアンナ自ら『実は即席の令嬢です』と告白しているようなものだ。

自分が政略結婚の駒として役立たずだと判断されれば、ただでさえ危うい立ち位置が脅かされる。まだ正式に婚約破棄されるわけにはいかないと、アンナは動揺した。

「あの、コンラッド様にご結婚の意思がないのは分かりましたが、せめて私と真正面から向き合ってくださいませんか？　我が家も私自身も信用できないことは承知しています。ですが知ろうともしてくださらないのは、ひどいと思います。私が気に入らないとしても、その前に全く為人《ひととなり》をご存じないですよね。釣り書きだけで判断されるのは不服です！」

彼が口を挟む隙も無いくらい、一気に捲《まく》し立《た》てた。そのおかげで、言いたいことは口にできたと思う。

コンラッドは驚愕も露わに、固まっていた。

「まずは互いをよく知ること！　そこから始めてみませんか。結論はその後でお願いします」

冷静に考えれば無茶苦茶な要求をしているのかもしれないが、こちらは人生のかかった勝負である。負けて堪るかと最大限の力を瞳に込めた。

こちらの勢いに慄いたのか、彼は背を仰《の》け反《ぞ》らせて引き気味だ。しかし敢えてアンナは接近を試みた。

たぶん、昼間きっぱり『貴女との縁談も破談にする』と宣言されたことに怯えている。焦りが判断力を鈍らせたのかもしれない。

仕掛けるなら今でしょ！　の気持ちで獲物を仕留めにかかった。

「カールはコンラッド様を本当に敬愛しています。あの子に『兄上は一方的に婚約破棄して女性を路頭に迷わせる』なんて思わせないでください！」

「な……っ？」

突然不名誉な容疑をかけられ、彼は動転したのだろう。これまでになく目を見開き、頬が痙攣《けいれん》していた。

「私を欠片でも哀れと思ってくださるなら、機会をください。万が一結婚が駄目になれば、おめおめと実家に帰れません」

最初からリドル子爵家へ戻るつもりは毛頭ないが、全部が嘘ではない。若干話を盛っただけだ。それ故罪悪感は放り出し、アンナは全力でコンラッドに迫った。

「お願いします。まずは話し合う時間を設けてください」

こちらの死に物狂いさが伝わったのか、それとも空気に呑まれたのかは不明だが、彼は眉を思い切り顰《ひそ》めた後、大きな溜め息を吐いた。

「――確かに、貴女の言い分にも一理ある。どんな形であっても一度男性宅に住んだ未婚女性がその後婚約破棄されたとあっては、醜聞になる。そちらには受け入れ難《にく》い話でしょう。……分かりました。せめて誠意をもって貴女と話し合うべきだ」

重々しく頷いたコンラッドは、疲れた顔をしている。

アンナは自分の意見が通ったことに、数秒間呆然としていた。

――受け止めてくださった？　ちょっと自分でも何を言っているのか分からないハチャメチャな私の考えを？

まだ実感は乏しい。けれど「では早速、こちらへどうぞ」と促す彼に従った。

――これは最大にして最後の好機。私が戸惑っていることは、悟られてはならない。平気な振りをして、一気に攻め込まなくては。

足元を見られないよう、アンナは頷くだけに留めた。内心では小躍りしたいくらい浮かれていても、淑女とはかくあるべきだ。

たとえ心臓が破裂しそうであっても、手足が仔馬《こうま》のように震えていても隠し通そうと心を固めた。ちなみに背中も掌も汗でビッチョビチョである。

改めて通されたコンラッドの私室は、煌びやかさとは程遠かった。

前回押しかけた時は飴玉を渡す使命に燃えていたので、室内は全く眼中に入らず、正直何も覚えていない。こちらとしても異性の部屋へ入ることに緊張していたのもあるだろう。

だが今回はさりげなく観察する程度の余裕があった。

明け透けに言えば地味で暗い。質実剛健と言えば聞こえはいいが、素っ気なく空気が澱《よど》んでいた。

つまりは邸内の空気を凝縮したような陰鬱さが漂っている。もしやこの部屋の重苦しさが屋敷全体を侵食しているのではあるまいな、とアンナが思ったのも無理からぬことだ。

「ええっと……ランプの光量を調整しましょうか？」

「いいえ、あまり明るいのは好きではありません」

「そうですか……」

それにしても薄暗い。こんな部屋で寝起きしていたら、心身共に蝕《むしば》まれても不思議はなかった。

——無気力になっているのだとしても、これはあんまりだな。明日になったら、掃除と換気を絶対促そう。でないと私までこの部屋の暗さに呑み込まれそう。どうにかして主導権を握って、流れを変えないと。

沈みそうになる気持ちを立て直し、アンナはソファーに腰掛けた。その向かい側に彼が腰を下ろす。

淡い光源の元でも、コンラッドの顔色の悪さと目の下の隈《くま》は明らかだ。疲労感の滲む様子に憐れみが湧いた。

――勇んでいたけれど、こんなに疲れ果てている人に、これ以上の心労を与えたくないな。むしろちゃんと睡眠を取ってゆっくり休養させた方が、物事が上手く転じるんじゃない？

人は寝不足では頭の働きが悪くなるものだ。判断力が鈍って、感情も磨滅する。今のコンラッドは、まさにその状態に見えた。

疑心暗鬼もその一つ。要は頭に栄養が足りていないのである。

ふとアンナの視線の先にガラス瓶が置かれているのが目に入った。中身は飴玉だ。この部屋の中で明らかに浮いているそれは、どう考えても自分が手渡したものだった。

――少しだけ飴が減っている……？

正確なところは不明だが、何粒か少なくなっているように見える。だとしたら彼が自分の意見を取り入れてくれたということ。

それはとても嬉しい。アンナは胸が温もり、ホッとした。

——ひとまずそれだけでも充分だ。交渉の余地があるってことだもの。

「コンラッド様、せっかくお時間を割いていただきましたが、今夜はもうお休みくださいませ」

「え？」

「詳しい話は明日にしましょう」

やっとここまで漕《こ》ぎつけたが、先々を考えれば無理はしたくない。彼を追い詰めるのは本意でなく、アンナは立ち上がった。

「寝室はあちらでしたよね？　もう寝衣に着替えていらっしゃいますし、あとは寝るだけの状態でしょう？」

お節介な性分が顔を覗かせ、アンナは勝手に続き間の扉を開けた。先日突撃した時と同じく、隣の部屋には大きなベッドが置かれている。

ついさっきカールを寝かしつけた感覚のまま、よく似た兄の手を引っ張って連れてゆく。抵抗されたが、知ったことか。

「その調子では、明日も明後日もカールにおやすみなさいを伝えられませんよ。とにかく早く眠れる日は、一秒でも早く休むことです」

「いや、貴女との話し合いは……」

「気になるようでしたら、コンラッド様が横になった状態でしましょう。貴方がそのまま眠れば、私は自室へ戻ります」

アンナが偉そうに「これが最大限の譲歩です」と言い切れば、最早考える余力がない彼は踏ん張った脚から力を抜いた。

——眠すぎて、ポンコツになっているわ。

しかし美しい男性が物憂げなのは、目の保養になる。案外嫌いじゃないなと苦笑しつつ、アンナはコンラッドを無事ベッドへ横たわらせた。

「はい、それでは始めましょうか」

「あ、うん?」

椅子をベッドの脇に移動させ、アンナは陣取った。眼前には混乱真っただ中の美形。彼は未だ展開が理解できていないらしく、忙しく瞬きしていた。

「初めに私の希望を申し上げますね。私はこのままコンラッド様の婚約者としてここで暮らしたいですし、ゆくゆくは結婚したいと思っています。私への疑惑が払拭されれば、前向きに考えてくださいますか?」

直球勝負を仕掛け、反応を見守る。彼が上体を起こそうとする度、肩辺りをポンポンと叩《たた》いて封じた。

「……私は誰とも結婚する気がありません」

「それは何故ですか?」

「父と母は仲睦《むつ》まじい夫婦でした。愛し合って、互いを労わり合う理想の夫婦です。……ですが彼らの死後、私の周りに集まるのは打算塗れで腹黒い女性ばかり。興味があるのは我が家の財産と地位だけ。弟を利用しようとしたり、邪険に扱おうとしたりする者も少なくなかった。心底失望したのです」

つまり、結婚に対して夢があった分、尚更《なおさら》現実の醜さに打ちのめされたということか。

両親を亡くした心痛から立ち直れないうちに四方八方からハイエナに集られれば、絶望するなという方が難しい。

きっとコンラッドは、アンナには想像もできない嫌な目に遭ったのかもしれなかった。

「……貴女も、目的があるからこの婚姻に同意したのでしょう?」

ほんのり彼の声が掠《かす》れている。

馬鹿正直に真実は口にできないものの、まるきり嘘は言いたくなくてアンナは言葉を選んだ。

「私の場合、選ぶ余地はありませんでした。父に命じられれば、従うより他ありません。ですが——今は自分の意思でコンラッド様とカールの傍にいたいです。意外にここでの生活は楽しいですし、私にできることがある気もします。だからこそ貴方に受け入れてもらいたいなと思っています」

優しく彼の肩を叩き続ける。赤子をあやすように。

そのまましばしの時間が流れる。

アンナの手に大きな掌が重ねられたと思った直後、穏やかな寝息が聞こえてきた。

──あれ、眠っている……やっぱり相当疲れていたんだわ。限界だったのね。

眠るコンラッドの顔を覗き込み、アンナは腰を上げようとした。しかし重ねられていた手が突然握り込まれる。あまつさえ強く引かれ、堪えきれずに体勢を崩した。

「きゃ……っ」

倒れ込んだのは、コンラッドの身体の上。だが彼は起きる気配もなく寝入っている。その上アンナの腰に逞しい腕が絡み付いてきた。

「!?」

まさか寝た振りなのかとも思ったが、そうではない。完全に熟睡している。そしてアンナを抱き枕扱いしていた。

──ちょ……っ、力が強くて抜け出せない！

もがくとその分拘束がきつくなる。しかも抱えられたまま体勢を変えられ、彼の身体に乗り上げていたアンナは共に横へ転がった。結果、ベッドの上で向かい合い横臥《おうが》し、密着することとなる。

「……っ」

吐息が絡む。睫毛の本数まで数えられそうな距離感。二人とも薄手の寝衣のせいか、生々しく他者の体温が伝わってきた。

硬直し、悲鳴はただの呻《うめ》きになる。指先すら動かせず、アンナは極限まで瞠目した。

——何故こんな事態に？

安らかな寝息を立てるコンラッドは安心しきった顔をしていて、とてもじゃないが起こすのは忍びなかった。

仮に強引に起こせば、寝惚《ねぼ》けたことをおそらくかなり気に病む。そのせいで『二度とこんなことが起きないよう、早急に出て行ってください』などと言われた日には、目も当てられないではないか。

——だけどどうしたら……ひぇっ？

「んん……」

小さく声を漏らしたコンラッドがアンナの胸に顔を埋めてくる。それだけに止まらず、グリグリと頭を振るものだからこちらの寝衣の胸元が乱れてしまった。

眠るために作られた服は、基本的にゆったりとして身体を締め付けず余裕がある。しかし今はそれが仇《あだ》となり、かなり大胆にはだけていた。

——ああっ、下着を身につけていないのを忘れていたわ！

一大事である。最早アンナの乳房に彼が直接顔を押し付けているのと変わらない。今コンラッドに目を覚まされては、あられもない格好を目撃される。

結果、既成事実と見做され結婚へ踏み出せるのならいいが、一歩間違えれば『身体を使うとは、このあばずれめ！　やはり敵方の手下だったか！』と言われたら一巻の終わりだ。

引くも地獄。進むも地獄。どうすべきかアンナが逡巡している間に、抱きついてくる腕の力はますます強くなっていた。

「……んッ」

偶然、彼の鼻が胸の頂を擦った。むず痒《がゆ》さが駆け抜け、鼻からは甘い呼気が漏れる。

そのことに驚いたアンナが唇を引き結んでも、熱い吐息が素肌を掠めるのは相変わらずだった。

——ムズムズする。

体温がジリジリ上がり、じっとしていられない。さりとて身動きもできず、耐えるのみ。

おかしな刺激を受けないようじっと息を凝らすが、コンラッドがお構いなしに身じろぐものだから、アンナ一人が頑張っても無意味だった。

「は……ッ」

腰に回されていた手が、アンナの背中を緩々と這《は》う。やがて首の後ろへ到達し、寝衣に阻まれていない肌を弄《いじ》ってきた。

どうやら人肌を求めていた男の掌が、満足げにアンナの身体を直接摩る。

もう片方の手は逆に下へ滑ってゆき、何とこちらの尻を鷲掴《わしづか》みにしてくるではないか。

「！」

絶叫しなかった自分を褒めてやりたい。

反射的に腰を引いたアンナの身体に彼の片足が乗ってきて、おかげでますます離れられなくなった。それどころかコンラッドの脚で引き寄せられ、下半身まで密着する有様。

彼の手が蠢《うごめ》く度に、アンナの寝衣の裾が捲れあがる。今や太腿《ふともも》が丸見え。

こちらの下肢を守る最後の砦《とりで》たる頼りない布にコンラッドの指先がかかり、アンナはギュッと目を閉じた。

——どうしたらいいのか、まるで分からない。だって私、こういう経験が皆無なんだもの！

閨の知識はあっても、実践とは話が別だ。それも相手の意識がない状態の対処法なんて、教わっていなかった。

基本的には『旦那様に従え』『大人しく身を任せろ』としか聞いていないのだ。

——生娘には初めての体験で相手は夢の中なんて、難易度が高過ぎるでしょう！

アンナの太腿の狭間を彼の片脚が割り開く。そのまま上昇した膝が、こちらの鼠径部へと到達した。

ぐっと押し上げられれば、妙な感覚が生まれる。少しでも動かれると息が弾むのは何故なのか。ゾクッとした疼《うず》きが下腹に溜まった。

そこから逃れようとすればするほど脚の付け根へコンラッドの膝が食い込む。

沸騰しそうな勢いでアンナの顔も身体も熱を持っていた。思考は纏まらず、心臓が大暴れす

るだけ。

今にも口から飛び出しそうなくらい鼓動が爆速で刻まれ、一向に汗が止まらない。

胸の間を伝い落ちる滴がコンラッドの睫毛を濡《ぬ》らし、そのことにも羞恥を覚える。いたたまれず、喘《あえ》ぐように息を継ぐのが精一杯。

その間にも彼と触れている場所から燻《くすぶ》る熱と疼きが生まれた。

恥ずかしくて、己の全てがままならない。身体と心の統制が取れなかった。

ただ一つはっきり断言できるのは、『嫌ではない』ことだけ。

不快感を抱かない理由を考える余裕もなく、アンナは懸命にコンラッドの腕の檻《おり》から逃れる方法を模索した。

——せめて股を押さないでほしい。おかしな気持ちになってしまう……！

恥ずかしさに耐え視線を下ろせば、彼は如何にも満たされた雰囲気で表情を緩めていた。いつもの険しさや厳しさはどこにもない。眉間の皺は消え、穏やかだ。

そうしているとよりカールの面影が重なり、アンナは「ぐぬぬ……」と唸《うな》った。

——でもいくら可愛げがあっても、コンラッド様は成人男性なのよ。邪な欲望ではないとしても、大問題なのよ。

いったいぜんたい彼はどういうつもりなのか。

単純に寝惚けて、大きさと柔らかさが丁度いい抱き枕感覚なら許せる。

アンナは、コンラッドが肉欲を満たすために狸寝入《たぬき》りをしているとは思わなかった。まだ付き合いは浅いけれど、そういう姑息《こそく》な真似をする人ではないと信じられる。弟を大事にし、生真面目で意固地なところがある、そんな青年だ。

——だから最悪なのはもう一つの可能性。母親のおっぱいに甘え、赤ちゃん扱いされたがる拗《こじ》れた性癖だったらどうしよう……！

飛躍した発想が浮かんだのは、偏にアンナが混乱の極致だったからに他ならない。もう意識が飛びそうなほど、緊張感と秘かな悦楽が最高潮に達していた。

「——……アンナ……」

そんな限界崖っぷちに追い詰められていたアンナの耳に届いたのは、微かな囁き。静寂の中でなければ、聞き逃していただろう。けれど空耳ではない。幻聴でもない証拠に、再度彼の声がアンナの鼓膜を震わせた。

「……アンナ」

——私の名前を呼んでいる？　え、何で？

追い出すつもりだった相手を呼ぶにしては、声が甘い。まるで縋《すが》られている気分になる。しかも彼の手に力が籠る。ギュウッと抱き締められ、もう身動きできる余地はなかった。

——ちょっと苦しい。だけど温かい。

辛うじて自由になる片手で、恐る恐るコンラッドの頭を撫でてみる。すると彼は優しげな微笑みを浮かべた。

「……傍に……」

続く言葉は聞き取れなかった。『いてくれ』なのか『いるな』なのか。

それ以前に本当にアンナに向けて発されたのかも不明だ。全てはコンラッドの寝息に溶けていった。

「ええぇ……」

余計に謎が深まった。

深く眠った彼は頗《すこぶ》る心地よさそう。その顔を眺め、アンナは深く長い溜め息を吐く。

夜明けはまだ遠い。こうなったら、頃合いを見てこっそり抜け出すしかあるまい。今夜は眠れそうもないなと早々に諦めた。

——朝になる前に、部屋を出れば大丈夫でしょう。誰にも見つからないよう気をつけたら、穏便に済ませられるわよね。

切ない声でアンナの名前を呼んでいた理由は、後日改めて聞けばいい。たっぷり睡眠をとり、部屋に日の光を取り入れれば、色々好転するのではないか。

それを願い、アンナは半裸のままコンラッドの髪に指を遊ばせた。

3　初夜

目が覚めた瞬間、コンラッドの思考は停止した。

視界一杯に女性の胸部が飛び込んできたからだ。

剥《む》き出しの肌は白く滑らか。豊満とは言えずとも形のいい胸は見た目通り柔らかく、可憐《かれん》な頂は蕾《つぼみ》のよう。

作り物ではない、本物の人間が同じベッドに横たわっていた。

これまでにも若輩者の自分を操ろうとして、親族の息がかかった女が部屋に忍び込んできたことは多々ある。

それこそ勝手に服を脱ぎだし、香水の臭いをプンプン振り撒《ま》きながら抱き着こうとしてきた者も複数いた。

しかし今、コンラッドが自らの腕に抱いている女性は、吐き気を催す悪臭を漂わせていない。

僅かに汗の匂いはするものの、決して嫌な香りではなかった。むしろ好ましい。

どこか安心する芳香がコンラッドの鼻腔を擽り、油断すれば二度寝してしまいそう。

しかしそんな場合ではないと恐々視線を上げた。

――まさか私はついに敵の策略に嵌《はま》ってしまったのか……？

だが昨晩は酒に酔った記憶や、誰かが寝室へ入ってきた覚えもなかった。

いつも眠りが浅いコンラッドは、僅かな物音でも目を覚ましてしまう。両親が不審な死を遂げて以降、熟睡できた夜はないのだ。

故にもし見知らぬ侵入者があったのなら、すぐさま覚醒したはずだ。

にも拘らず、いつにない清々しい目覚めに瞼《まぶた》を押し上げた刹那、あり得ない光景が目に飛び込んできたというわけである。

――悪夢だ……これがもしミズリー叔母上の手引きなら、相手は従妹《いとこ》のベリンダか……？

だとしたら最悪だ。一番伴侶にしたくない女ではないか。

浪費家で身持ちが悪く、遊ぶことばかり考えている軽薄な女。叔母はどうにかして我が子とコンラッドを結婚させ、ダウズウェル伯爵家を手に入れたがっていた。これまでにも幾度となく二人をくっつけようとして、わざと二人きりの状況をつくろうとしていたのだ。

勿論、全く相手になどしなかったが。

――父上と母上を殺した疑いがあるミズリー叔母上の娘なんて、冗談じゃない。

だが既成事実を盾に迫られれば、拒みきるのは難しい。『娘を傷物にした』などと泣《な》き喚《わめ》きつつ舌を出してほくそ笑む叔母の姿が容易に想像できて、コンラッドは背筋を震わせた。

──それなら娼婦《しょうふ》を引っ張り込んでいた方が、いささかマシだ。

コンラッドは決死の思いで、女の正体を確かめるため鎖骨から首、その上へと視線を上げた。

「え……っ?」

スヤスヤと眠っていたのは、こともあろうにアンナだった。想定外のことに凍り付く。

自分が彼女に手を出すなんてあり得ない。それだけは絶対に犯してはならない愚行だ。仮に正気を失っていたとしても、一番遠ざけなくてはならない相手ではないか。

──馬鹿な……だいたい彼女が部屋に侵入したなら、何故気づかなかった? いや、冷静になれ。昨晩のことを思い出すんだ……!

慌てふためきつつ、懸命に理性を掻き集めた。

ややもすれば目線が下に向かいそうになる。先刻目にした魅惑の膨らみは、しっかりと脳裏に焼き付いていた。それどころか頬に残る温もりと弾力も。

──しっかりしろ。淫らなことを思い出している場合か。私の人生がかかっているんだぞ。

しかし悲しい男の性と言うべきか。駄目だと思っても目が吸い寄せられてしまうのである。

だが名誉のために言い訳するなら、今まで結婚を目論むどんな女が迫ってきても、コンラッドの身体が反応を示したことはなかった。

そういった欲がなくなったのかと思うほど、しなだれかかってくる女性を汚らわしく感じ、遠ざけてきたのだ。

――なのに何故……！

とある一部に血が集まるのを感じる。約二年間、ほとんど抱くことがなかった欲求だ。

急激に全身が火照り、コンラッドは無意識に喉を鳴らした。

このままでは不味い。動揺していてもそれは分かっている。

愚かな煩悩を散らすため、強張っていた腕をゆっくりと動かす。横臥したまま少しずつ後ろへ下がり、アンナとの距離を広げた。その上で、理性を総動員し彼女の身体に布団をかける。

たったそれだけの行動で、ドッと疲れてしまった。

――三日間徹夜した時よりも、頭が痛い。

けれど混乱とは裏腹に、コンラッドの思考はここ最近で一番晴れていた。ずっと睡眠不足で靄《もや》がかかったようだったのに、とても澄んでいる。

深呼吸を繰り返し、昨夜の経緯を思い出すのに全く時間がかからないほどに。

――思い出した……昨日は話し合いを望むアンナを部屋に招き、そのまま私は眠ってしまったんだ――

そして心地いい夢を見た。

フワフワで温かなものに包まれ、慰められる夢。頭を撫でてもらうなんて、幼い時以来。

あまりにも気持ちがよくて、絶対に手放したくないと願った。

このいい香りがする安らぎを与えてくれる存在を、ずっと自分の傍に置いておきたいと――

――私は夢の中でアンナを認識しながら、抱き締めた――

驚愕の答えに辿《たど》りつき、コンラッドは呆然とした。

夢現《ゆめうつつ》ではあったものの、アンナが勝手にベッドに入ってきたのではないと断言できる。あくまでもこちらが、彼女を引っ張り込んだのだ。

何とかしてコンラッドの腕から逃れようとするアンナを、必死に押さえつけて。

――だけならまだしも、私は彼女を襲ってしまったのかっ？

最後までした記憶はない。そんな大事なことを忘れているなら、本格的に病気だ。

しかし自分は親族が主張するような病には罹《かか》っていない。精神的に追い詰められていても正気は保っていた。

実際、アンナの寝衣はだいぶ乱れてあられもない格好になってはいるが、全部脱いではいないし、コンラッド自身に至っては、着衣のまま。

身体にもベッドにも淫靡な体液の名残や痕跡がなかった。

――だが彼女の胸をはだけさせたのは私だ……！　身体を弄った覚えと感触もある……！

今すぐ神に懺悔《ざんげ》するべきか。いや、その前にアンナ本人に心から謝罪しなくては。

頭を抱えたコンラッドは上体を起こし、未だに夢の中にいる彼女を見つめた。

今日に限って、分厚いカーテンの隙間から眩しい光が差し込んでくる。その一筋の光がアンナを彩っていた。

淡い茶の髪が煌めき、同じ色の睫毛が頬に影を落とす。清廉な寝顔は眺めるだけでコンラッドの心を癒《いや》してくれた。彼女の無防備な姿を目にしたことに心が躍っている。目が離せなくなり、非常に不本意ながら認めずにはいられない。

──私は夢の中なら、アンナを引き留めて自分のものにしてもいいはずだと考えた。

この期に及んで言い訳するのはみっともない。

昨晩コンラッドは自らの意思で彼女を抱き締めた。もし少しでも理性が負けていれば、あのまま最後の一線を越えていた可能性は高い。

ギリギリのところで堪えたから、この程度で済んでいるのだ。

──私は最低だ。アンナに結婚する気はないと言っておきながら、結局は……！

カールに対する優しい接し方や、不意に見せる強引さと聡明さ、そして真っすぐな気遣いにいつの間にか惹かれていた。

上がってくる報告書には、彼女に怪しい点はないというものばかり。邸内をやたら歩き回るのは奇妙と言えなくもなかったが、特別警戒すべきことだとも思えなかった。

特筆すべきは、アンナのおかげでカールの笑顔が増えたことだ。

兄が不甲斐《ふがい》ないせいで、弟はすっかり情緒不安定になっていた。

分かっていながら見て見ぬ振りをし、一日でも早く両親を殺めた犯人を炙《あぶ》りだしてダウズウエル伯爵家に平和を取り戻すことが自分の使命だと言い聞かせてきたのが、如何に独り善がりなものだったのかを突き付けられた。

ただカールの傍にいてやればよかったのかもしれない。しかし全ては今更。

ここまで来て犯人への憎しみを忘れることも、立ち止まることもコンラッドには不可能だった。

あと少しで真相に辿り着ける。そう思えば突き進むしかない。カールの周りから危険人物を排除していけば、結果的に弟の助けになる。

もしアンナに悪意がないのであれば、もう少しだけ婚約者候補のままにしておいてもいいのではないか。カールのために。

狡《ずる》い考えが擡《もた》げたのはどの時点からか、最早分からない。

——いや、段々私の中から彼女を疑う気持ちが失《う》せていったんだ……

疑いたくないと願う心の声が日々大きくなり、このままでは面倒なことになる予感がしていた。いつだって小さな油断が悲劇を呼ぶ。他人に心を預けて裏切られるのは懲り懲りだ。

相容《あいい》れない二つの思いが常に揺れ、『誰も信用してはいけない』『アンナは違うのでは？』が日々頭の中に響いていた。

だからこそ自分に言い聞かせるつもりもあって、『結婚するつもりはない』とアンナに向かい明言したのだ。

そうして予防線を張らなくては、傾き続ける心を律せない気がしたから。

――なのに、何をやっているんだ私は……！

弁明できない現実が眼前にある。

散々自身に言い聞かせ続けてきた諸々は全て灰燼《かいじん》に帰した。

何度も深呼吸して、コンラッドは欠片ほどの冷静さを呼び覚ます。

これ以上、不誠実な人間にはなりたくない。弟を悲しませ続けた兄のまま卑怯《ひきょう》な行いを重ねれば、本当にカールへ顔向けできなくなる。

腹を括る時が来たのだと、決意を固めた。

◇◇◇◇◇

目を覚ました途端に、コンラッドから謝罪された。

それも軽く頭を下げるなんて生易しいものではない。今にも自害せんばかりの勢いで平伏してくるので、アンナの方がドン引いたほどだ。

「本当に申し訳ない。責任は取る」

「え、ぁ、はい？」

予定では夜明け前に彼の拘束を抜け出して、自室へコッソリ戻るつもりだった。そのため眠らないぞと気合を入れていたわけだが、アンナはまんまと寝落ち爆睡したらしい。

気づいたら朝だったというお粗末さである。

しかも先に目覚めたコンラッドが何やら決意した顔で、じっとこちらを見守っていた。

想像してほしい。

瞼を押し上げた途端、超絶美形が尋常ならざる様子で自分を凝視していたらと。

——朝一番に見たものがこの上なく美しい尊顔なのは悪くないけど、流石に驚くのよ。

アンナの意識は数秒現実逃避し、すぐに己がやらかしたのを把握した。

人知れずコンラッドの寝室を抜け出すつもりだったが、朝まで彼のベッドで熟睡とは、自分自身に呆れてしまう。

どこまで図太いのか。精神的逞しさはアンナの長所だと信じてきたが、よもやそれに足を引っ張られるとは夢にも思わなかった。

一つだけ救いがあるとするなら、胸元は掛布で隠されていたことだろう。

とはいえ、布が肌に直接当たる感覚からして、乳房を放り出したままなのは間違いない。布団をかけてくれたのがコンラッドならば、確実に見られている。

ただならぬ空気を滲ませた彼の様子からも、それは明らかだった。

——失敗した。でも身体で誘惑したと責められるのではなく、私が謝られているのは何故？

まだ寝起きで頭が回らない。

アンナは素早く寝衣の乱れを直し、そろそろと身を起こした。

――よく知らない男性と半裸で同衾《どうきん》して快眠できるって、我ながら自分が怖い。

「婚姻前の女性に破廉恥な真似をして、申し訳なかった」

「あ、ああ、それは偶然が重なったせいなので、私も悪かったですし――」

夜遅くにコンラッドの部屋へ押しかけ、彼を強引にベッドへ寝かせたのはこちらの方だ。初めから適切な距離を取っていれば、こんなことにはならなかった。

「ですがこの件でコンラッド様を脅そうとか、利用するつもりはないので、安心してください。その、私たちの間に決定的なことはありませんでした」

腹黒い女だと疑われないため、先んじて宣言する。これで彼もひとまず安堵すると思ったのだが。

「だとしても、私が引き起こした事態は変わらない。責任を取る」

「えぇ……」

頭が固いのか生真面目なのか。何もなかったのなら、いくらだって言い逃れることはできたはず。アンナに責任転嫁しても不思議はない。それをしないコンラッドに驚きつつ、アンナは胸が疼くのを感じた。

――紳士だわ。私の父親は実際にお母さんを手籠めにしても、平気で追い出して無視を貫いたのに。

比べるのも申し訳なるくらい、同じ人間の所業とは思えなかった。

あちらが汚物なら、コンラッドは神だ。

感激に浸ったアンナは『賠償金でもいただけるのかしら』と考えた。しかしベッドから下りた彼が床に跪《ひざまず》くものだから、暢気《のんき》な思考は遥《はる》か彼方《かなた》に飛んで行く。

片手を取られ、恭しく口づけられた唇の感触に当惑した。

「アンナ嬢、私と正式に結婚してくださいますか？」

人間、驚き過ぎると声も出せなくなるようだ。

ポカンと間抜け面になったアンナは、呼吸も忘れて求婚者であるコンラッドを見下ろした。

――幻聴？

アンナの目標はダウズウェル伯爵家へ嫁ぐこと。己の人生を切り開き、もっとマシな道を選ぶために。

だから彼の言葉には諸手《もろて》を上げて頷けばいい。

それなのにあまりにも急展開で、完全に惚けてしまった。

――コンラッド様は昨晩眠る瞬間まで、私と結婚するつもりがなかったのでは？　それが婚約期間を延長してもらえるどころか、一気に本格的な婚姻を申し込まれた？　え、騙されている？　これも何らかの嫌がらせで、私を追い出そうとしているとか……いやだけどコンラッド様は謝ってくださったし。

脳内は大騒ぎだ。身体は硬直し、顔は強張る。

停止したアンナに彼がどこか切なげな眼差しを向けてきた。

「今更こんなことを言っても、貴女は受け入れてくれないだろうか」

「い、いいえっ、喜んでお受けします」

愁いを帯びた男の双眸が美しく、吸い込まれそうになる。心ここにあらずになっていたアンナは一瞬で現実に引き戻された。

「では、決まりだ。早速日程をリドル子爵家と詰めましょう。既に同じ屋根の下で暮らしているのだし、可能な限り早く結婚式を執り行います。貴女もそのつもりで準備してください」

「はい……」

怒涛《どとう》の勢いで話が進み、正直なところアンナは完全に置き去りにされた。

勿論、話の内容は聞こえている。相槌だって打てていた。しかしまだ全てを呑み込みきれずにいる。

アンナの認識では、一晩明けたら世界が一変していたのも同じ。

相変わらず室内は暗く陰気な空気が澱んでいるのに、コンラッドが別人になったよう。本質的な部分は変わっていない気もするが、彼の瞳にはこれまでになかった生気が宿っていた。

「朝食は家族三人で食べましょう。久しぶりにカールとの時間も作らなくては。それでは身支度を整えて、また会いましょう」

コンラッドに促され、アンナはベッドから立ち上がった。

どうやら話がひと区切りついたらしい。さりとて疑問符だらけなのは変わらぬまま。まだ早朝の時間帯なので使用人と鉢合わせることなくアンナは自室へ戻り——しばらく意味もなく立ち竦《すく》んだ。

「無事に結婚……できるの？」

眠っている間にどんな変化がコンラッドの中で起こったのかは知る由もない。だが事態が動いたのは事実。それがアンナにとって本当に救いになるのかどうかは、未だ不透明なのが否めなかった。

いきなり距離が縮まったコンラッドとアンナの様子を一番喜んでくれたのはカールだった。朝食の場で兄が『近いうちに結婚式を挙げる』と告げれば、涙ぐみ歓声を上げ祝福してくれたくらいだ。

早くもアンナを『姉上』と呼んで憚らない。これまで以上にべったりと懐いてきて、終始笑顔を見せてくれた。そんな弟を前にして、兄も穏やかな表情を浮かべ、こちらをドキッとさせたのは、秘密である。

またコンラッドとアンナでリドル子爵家へ挨拶に行けば、夫妻はあからさまにホッとしていた。なかなか話が進展せず、このまま破談になるのを恐れていたのだろう。

晴れて縁談が纏まって、急に偉ぶるのには呆れてしまった。しかもアンナに対し、『よく誑《たら》した』と囁いてきたのだ。

父親から初めての誉《ほ》め言葉がこれなのは、泣けてくる。つい虫を見る目になってしまったのも仕方あるまい。もっともすっかり上機嫌の父はまるで気づく様子もなかったが。

ダウズウェル伯爵家の親類縁者にも報告し、アンナはコンラッドが血縁者の中で唯一信頼する叔父——ロバートにも会わせてもらった。

芸術を愛するロバートはとても穏やかな紳士で、権力闘争には興味がないそうだ。静かな地方で暮らすのを望み、実際王都にやって来ることは稀《まれ》。

普段は手紙のやり取りが主で、甥《おい》のコンラッドと顔を合わせたのも久し振りとのことだった。

「あの方は、両親が存命の頃からよくしてくれた。事故の直後には駆け付けてくれ、私とカールを抱き締めてくれたのは彼だけだ」

叔父について語るコンラッドにいつもの険しさはなく、とても大事な存在なのが伝わってくる。その表情をみていると、アンナもホッとした。

実際ロバートは穏やかな風貌の男性で、貴族らしからぬ素朴な人だ。アンナとの初対面の場で、『いずれ肖像画を描かせてほしい』と告げられた時には驚いた。

本当は画家になるのが夢だったらしい。しかし立場上許されず、今では趣味で描いているそうだ。

叔父曰く『そこまでの才能もなかったから、今の暮らしに満足している』とのことだが、如何にも欲のない言動は、アンナが知る貴族の印象とかけ離れていた。

――リドル子爵家の方々は選民意識に凝り固まり、着飾って遊行に耽ることを嗜みとしていたし、コンラッド様はダウズウェル家を支えるために骨身を削って苦労なさっている。どちらもある意味爵位や家に振り回されているけれど……ロバート様のような生き方もあるのね。

どれが正解かは分からない。それでも叔父の存在がコンラッドの救いになっているのは確かだ。

とにもかくにもロバートが新しい家族になるアンナを歓迎してくれ、温かく迎え入れてくれたことに感謝している。彼がいてくれたおかげで、アンナはこの先ダウズウェル家でやっていけると確信した。

――何より、コンラッド様にも信頼できる人がいたのが嬉しい。

全方位敵だらけではなく、心を預けられる人間がいたことが喜ばしい。これからはアンナもロバートと是非懇意にしたいと願った。

そうこうしているうちに結婚式の日取りが決まり、大急ぎで招待状を手配し、あれこれ思い悩む間もなく準備に追われた結果、今日である。

晴天に恵まれた本日、アンナとコンラッドは挙式に挑んだ。

場所は、並の貴族では利用を許されない由緒正しき教会。王家からも使者が参列し、大急ぎで敢行した式とは思えぬほど、豪華絢爛な結婚式となった。

ドレスは繊細なレースを幾重にも重ねた優美なもの。煌めく糸で施された刺繍《ししゅう》により、アンナが動くたびに控えめに光り模様を浮き上がらせる。

ブーケに使われたのは、先代伯爵が妻のために品種改良をして根付かせた花。

婚約指輪は代々女主人に受け継がれる国宝に匹敵する代物だった。これがまた、ずっしりとした重みを感じるほど大きなサファイヤと惜しげもなく金を使った品である。

おそらくこれ一つで、王都の平民が一年暮らせるほど高価なものだ。恭しく指に嵌《は》められた時、アンナは恐れ多くて気絶しそうになった。式が終わり次第、即外して厳重に保管してもらおうと心に誓ったのはごく普通の感覚だと思う。

しかし注目を最も集めたのは、アンナではなくコンラッドである。彼が公《おおやけ》の場に出るのが久し振りなこともあり、人々の関心が集中した。

その上着飾ったコンラッドの麗しさに、皆度肝を抜かれた次第だ。

心の病を患っているという前評判を根底から覆す貴公子ぶりに、誰もが感嘆の息を漏らさずにいられない。凛々《りり》しく光り輝く新郎の魅力に、老若男女問わず釘付《くぎづ》けだった。

アンナはコンラッドの叔母であるミズリーとその娘から『あらあら、すっかり花嫁が負けて霞《かす》んでいるわねぇ』『引き立て役、頑張って』と嫌味をぶつけられたが、ちっとも気にしていない。

そんなこと端から承知だ。何を今更程度にしか感じない。それよりも誰より近くで彼の盛装を見つめられる幸運に痺《しび》れていただけだった。

厳かな式は乙女の夢そのもの。

結婚にも恋愛にも夢を持っていなかったアンナとて、多少はときめかずにいられない。この日ばかりは夢見心地だったと言ってもいい。

まるで本当に自分はコンラッドに愛され、求められて花嫁になったのではと妄想に浸れた。

それで充分である。むしろおつりが来るくらい恵まれていると言えた。

コンラッドの伯父には『ふん、こういう胸も尻もたいしたことがない女が好みだったのか』と下品な言葉を投げつけられたが、それもまぁ許容範囲内である。

その後の宴で来賓客へ振る舞われた料理や酒の素晴らしさと、会場の規模に満足したのか、リドル子爵家のふんぞり返った様にはうんざりしたが、概《おおむ》ね素晴らしい式だったのは間違いない。

大勢の祝福を受け（中には敵意丸出しの人間も混ざっていたが）、宴がお開きになったのは深夜。

アンナはすっかり疲れ果て、作り物の笑顔を張り付けていた頬が引き攣りそうになっていた。

——嵐のような一日だったわ。

早朝から風呂で身体を磨き上げ、これでもかと時間をかけて化粧を施された。

花嫁衣裳《いしょう》の着付けも最後の調整をしながらなので、途中で何度億劫《おっくう》になったことか。

長時間に及ぶ式は格式高く、一つの間違いも許されない緊張感に満ちていた。

更に宴の間中ろくに食事もできず、大勢の列席者に挨拶し続けて、途中アンナの記憶は途切れている。

それでも何とか完遂した自分を褒めてやりたい。

しかし、まだ全てが終わったわけではなかった。この後やって来る、ある意味最も大事な儀式が控えている。初夜である。

これを乗り越えなくては、完全に結婚したとは言えない。

未だにコンラッドの心変わりを理解しきれていないアンナは、本当に今夜彼が寝室にやって来るのか半信半疑だった。

——一応、夫婦の寝室へ案内されたけど——

ダウズウェル伯爵家へやってきて、二度目のお引越しである。さほど長くない期間中にアンナの部屋は何度も変わった。その度によりよい部屋へ格上げされているのが面白い。

まるで出世魚ねなどと考えて一人笑うのは、実のところ現実逃避に他ならなかった。

初夜。

その事実がヒシヒシと迫ってくる。

コンラッドがこの結婚を本物にする気があるのかないのか。あったところで自分はちゃんと妻の役目を果たせるのか。

彼を追いかけ回していた時には全く浮かばなかった不安が、ムクムクと大きくなる。たぶん以前は狩人《かりゅうど》気分だったのが、今は立場が入れ替わったせいだ。

こうして待つしかないアンナは、さながら巣穴に隠れた獲物だった。

「最悪コンラッド様がいらっしゃらなくても、表向き婚姻は成立したのだから、大成功。万々歳よね……」

自分に言い聞かせる独り言は、思いの外大きな声になった。ベッドに腰掛けたアンナは、手持無沙汰で寝衣の裾を弄る。

その時、前触れなく扉が開いた。

「——遅くなってすみません。アンナ」

湯浴《ゆあ》みしたコンラッドが髪を拭きながら入室してくる。身にまとっているのは、ガウン一枚。仄《ほの》かに上気した肌がチラリと見え、アンナは大いに戸惑った。

——いつもきっちりとした服装をされている方だし、以前目にした寝衣はシャツだったから、あまり気にならなかったけど——色気がとんでもない。それに名前を呼ばれた……

どちらかといえば禁欲的な雰囲気がある彼の見知らぬ姿にドギマギした。それともこれから起こることを予感しているからなのか。

すっかり余裕を失ったアンナは、練習した貴族令嬢的嗜みが、完全に頭からすっぽ抜けた。

――閨ではどう振る舞うのが正解なのだっけ？　全て旦那様にお任せするとしても、適切な会話は何？

緊張感が荒ぶって、最早吐き気を催してくる。視線をどこに据えればいいのかも分からなくなり、ついコンラッドを凝視していた。

「そんなに見つめられたら、照れます。今日は疲れたでしょう？」

「へぇっ、は、そうですね」

見過ぎたことを指摘され、慌てて視線を逸らした。だが隣に彼が腰掛けてきたことで、ベッドが片側に沈む。するとアンナの身体が傾ぎ、図らずもコンラッドの肩にもたれる形になった。

――近い。

相手の体温が感じられる。だがガバッと身を起こせば、それは嫌がっていると思われ失礼になるだろう。中途半端な形のままアンナが固まっていると、男の指がこちらの顎に添えられた。

「見てはいけないとは言っていません」

優しく促され横を向くと、彼と視線が絡む。

感情の起伏に乏しいと思っていたコンラッドの双眸には、不可思議な熱が宿っていた。

どこか危険で、蠱惑《こわく》的でもある。

一度も浴びたことのない眼差しにアンナは数秒息を忘れた。

――ううん……似たものは見たことがあるかもしれない。お母さんが亡くなって、私に『面倒を見てやろうか』と迫ってきた男のものと――

けれど絶対的に違う点もある。それはあの時と違い、不快感に苛《さいな》まれないことだ。

当時はゾッとして、その場から逃げることしかできなかった。

しかし今は、得も言われぬ衝動が体内に広がっている。

もっと自分を見つめてほしいとさえ願い、こちらからも視線を逸らせなくなった。

「初々しいですね。これまでグイグイ来るアンナばかり見ていたので、殊更愛らしく感じます」

「……っ、か、揶揄《からか》っています？」

あまり雄弁ではない印象だった彼が艶《つや》めいた声音で囁くせいで、一層恥ずかしさと緊張が増す。武骨な人だと思っていたのに、存外こういう時は甘い声を漏らすらしい。

耳朶《じだ》を摩られたアンナは、小さく打ち震えた。

「あ……っ」

「揶揄ってなんていません。妻になる女性には真摯に向き合うべきだと思っています」

常に沈鬱な色を帯びていた黒い瞳は、今夜はどうしたことか生命力に満ちている。

今日までにアンナ主導でダウズウェル伯爵邸の大掃除を敢行したからだろうか。屋敷の中に漂っていた重苦しさは僅かに薄れ、それがコンラッドに変化をもたらしたのだとしたら。

「怯えなくても、私は一度妻として迎え入れると決めたら、とことん大事にします。可愛いですね」

「かわ……っ？」

そんな台詞を吐く人ではないと考えていた分、衝撃が大きい。しかも微笑みと額へのキス付きだ。

厳格にアンナと距離を置いて他人行儀に接してきた彼と、目の前の男が同一人物だなんて、自分の目で見ても到底信じられるものではなかった。

──ほとんど別人みたいだけど、まさかこちらが本来のコンラッド様？

押せ押せだったアンナが防戦一方になり、完全に腰が引けた。守るよりも攻める方が得意なのである。

耳を弄っていた指先が頬をなぞり、意味深に唇を辿ってくる。

繊細な動きは触れるか触れないかの淡いもの。だから余計に痺れる疼きを残していった。

「なっ、何だか性格が変わっていませんかっ？」

たじろぎつつも主導権を取り返そうと足掻《あが》いた。

とにかく半端ない色気が駄々洩《だだも》れの彼が、心臓によろしくない。そっくりさんと言われた方が、納得できる。

アンナの記憶と情報にあるコンラッドは、融通の利かないところがある、良くも悪くも真面目な人だ。そのせいで精神的に追い詰められ、表情が強張り刺々しくもなっていた。

それが突然、糖分過多な笑顔の大盤振る舞いである。

騙されていると疑うのは当然。大混乱で、アンナは両腕を突き出して彼の身体を突き放した。

その際、こちらの掌が男の素肌に触れてしまう。硬く滑らかな質感は、女とは違うもの。

ガウンの袷《あわせ》からコンラッドの胸元が覗き、アンナは慌てて自らの手を引こうとした。だが。

「きゃ……っ」

己の口から飛び出たとは信じられない、か細く可憐な悲鳴。

全ては、彼がアンナの手を取り、そのままコンラッドの心臓がある付近へ押し付けてきたからだ。それも、ガウン越しではなく素肌へ直接。

勿論アンナは男性とこういう触れ合いをしたことがない。動揺のあまり、自身の手を引くことも忘れた。

——な、な、何だか積極的過ぎる……！

「私は一度信じると決め懐へ入れた人間を、とことん大事にします。誠意をもって接し、敬愛を捧げます。その信念のせいで、両親の死後は心を許した相手に裏切られ辛い思いをしました。だからこそこれ以上傷を負いたくなくて、この先は誰も信じまいと誓っていたのです」

痛々しい告白に、及び腰だったアンナは停止した。

哀れな人を見ると、どうしても放っておけない。悪癖にも等しいお節介焼きな部分が、ぐんっと大きくなった。

「そ、そうですか。ですが私は決してコンラッド様を裏切りませんよ。信用を得るのは難しいと分かっていますが、私は貴方とカールと一緒にここで生きていきたいと本気で願っています」

欠片でも正しく伝わってほしくて、真摯に告げた。すると重ねられていた手にグッと力が籠《こ》められる。

アンナの掌が密着している彼の胸からは、やや早い速度の心音が響いていた。火照る肌は入浴後だからか。それとも緊張なのか。

知りたくなって、アンナはゆっくり視線を上げ、コンラッドと目を合わせた。

「信じます。私は貴女を自分の内側へ入れることを決めました」

「え……」

耳に届いた言葉を、すぐには理解できなかった。意味は分かっても上手く咀嚼できず、忙しく瞬く。

その間も彼はアンナから目を逸らさない。こちらの心の奥底を覗き込むように、一挙手一投足を見逃すまいとしてきた。

「わ、私を婚約者として認めてくださるのですか?」

「はい。もっとも、今日結婚して既に夫婦になりましたが」

腰を抱かれ、引き寄せられた。

コンラッドの言葉で、改めて自分たちが新婚であるのを思い出す。ジワジワと広がる自覚が、アンナの頬を上気させた。

「ぁ、そ、そうですね。あまりにも急に決まって一気に話が進んだので、実感が薄かったかもしれません」

「でしたら、これからたっぷり実感してください」

照れ隠しに綻ばせた唇へ、彼の唇が重ねられた。

見た目よりもふっくらとし、柔らかい。挙式で交わした誓いのキスが一度目で、これがアンナの人生二度目の口づけ。

余裕など当然あるはずもなく、反射的に息を止め強く瞑目《めいもく》した。

「緊張しないでください。優しくしますから」

気遣い溢れる台詞のはずが、淫靡に感じるのはアンナの心持ちのせいなのか。ひどく淫らなことを囁かれた気がし、たちまち全身が茹《ゆだ》りそうになる。

動揺で動けずにいると、引き結んだこちらの唇を割ってコンラッドの舌が侵入してきた。

――……っ！

ぬるりとした器官がアンナの口内を擽る。他者の一部が口の中で蠢く経験は初めて。

掻痒《そうよう》感と奇妙なざわめきが同時に起こった。

――何、これ……っ

口づけは、単純に唇同士を押し付けるものだと教えられたが、全く違った。そんな生易しいものではなく、奪われ、喰らわれ、啜《すす》られる荒々しいものだ。

生々しい動きをするコンラッドの舌に誘い出され、アンナの舌は縮こまったままでは許してもらえなかった。

粘膜同士を搦《から》め合い、ふしだらな愛撫《あいぶ》を施される。

溢れる唾液は飲み下しきれず、口の端を垂れてゆく。

普通なら気持ち悪い行為が、途轍もなく官能的に感じる理由は、相手が彼だからだろう。微塵も嫌悪感はなく陶然とするばかり。アンナはいつしかコンラッドへ身を任せていた。

「あ……っ」

耳殻を弄られ、ゾクゾクする。頭を撫でられるのも堪らない。

肩をなぞられて、アンナが気づいた時には寝衣を脱がされていた。

剥き出しの背中を大きな掌が這う。以前寝惚けた彼にベッドへ引っ張り込まれた時と同じ。違うのは、コンラッドに意識があること。

彼が己の意思に従って、アンナを抱こうとしている点だった。

「んぅ……」

繰り返されるキスの水音がいやらしい。耳から快楽を注がれている気分になる。

しかしやめてほしいとは欠片も思わなかった。

粘着質な淫音が、余計にアンナの興奮を高めてゆく。羞恥心を凌駕《りょうが》して、このまま流されたくなった。

——結婚式で感じた夢のような幸福感が、まだ続いているみたい。

愛されている錯覚が胸を満たす。

コンラッドはおそらく、断固として諦めないアンナに根を上げただけだ。何をどうしたって出ていかず、図太く居座られるくらいなら、正式に結婚を受け入れた方が楽だと思ったのだろう。怪しい人間は、監視下に置いた方が安心できると踏んだのかもしれない。

しかもアンナとの婚約を破棄したところで、次の候補が送り込まれてくるだけだ。それならダウズウェル伯爵家の脅威にはなり得ないリドル子爵家が相手なら多少はマシ——と消去法で決めたとしても驚かなかった。

——あとは、半裸添い寝事件のことを物凄《ものすご》く気にしてくれたのね。真っすぐな人だから、本当に責任を感じたんだわ。お互い様なのに……でもとにかく受け入れてもらえたことに、変わりはない。

端から愛や恋を期待していない。故にこの結果はアンナの大勝利だ。

そう思う傍らで、胸が軋《きし》むのが不思議だった。しかし僅かな痛みからは目を逸らす。どうせ気のせいだと決めつけ、アンナは深く探ろうとしなかった。

——目的が達成できた。それでいいじゃない。

今は優しく肌を辿る手に集中したい。瞼を押し上げれば、艶めいた瞳でこちらを見つめてくれるコンラッドがいる。睦言《むつごと》を囁き丁重に扱ってくれるなら、不満があるわけがなかった。

――私にはもったいないくらいの贅沢《ぜいたく》だ。

そっと押し倒されて、背中がシーツに触れる。覆《おお》い被《かぶ》さってくる彼も、既に生まれたままの姿になっていた。

絡む視線で火傷《やけど》しそう。吐き出す息も滾《たぎ》っている。

室温は寒くも暑くもないのに、肌はしっとりと汗ばんだ。アンナも。コンラッドも。

それぞれが発熱し、体内に燻るものがある。それを静める術が分からないアンナは、潤む双眸を彼へ据えた。

「とても綺麗です」

こちらの不安や戸惑いはお見通しなのか、柔らかな声で告げられてときめいた。

アンナの中にある乙女な部分を、コンラッドは悉《ことごと》く刺激してくる。普段なら強気でいられるのに、か弱くなった気分だ。

男性から宝物のように慎重な手つきで触れられる喜びを、初めて教えられた。

「は、ぁ……ッ」

乳房を揉まれ、早くも先端が尖《とが》り出す。自分で触れても何も感じないそこは、繊細に撫でられ摘まれるとたちまち快楽の源泉になった。

「……っふ」

淫猥《いんわい》な声がこぼれかけ、アンナは咄嗟に口を片手で押えた。喉奥が震えて喘ぎが漏れそう。嬌声《きょうせい》を聞かれるのは恥ずかしい。自分が自分で制御できない。

彼の指先に翻弄され、奏でられる楽器になった気がした。

「知っていましたか？　貴女がカールと親しくしてくれているのを嬉しく感じつつ、私が嫉妬していたのを」

「ええっ？」

気づくはずがない。そんな素振りをコンラッドは微塵も見せてくれなかった。

それどころか『弟に近付く危険人物』だと見做されていると思っていたのだが。

「あの子はとても臆病で人見知りです。初対面の人間に懐くような性格ではありません。ですが貴女には初めから心を許していました。だから悪い人間ではないのだろうと薄々感じていたんです。カールは私よりも人を見る目がありますから」

幼子は時に本能で好ましい相手を嗅ぎ分ける。

まして社交的とは言えないカールがアンナと出会ってすぐ信用したことに驚いたのだと、彼は語った。

「でもすっかり人間不信になっていた私は、簡単に切り替えられませんでした。この家に近付こうとする者は、纏めて遠ざけた方が楽ですし。そう何度も自分に言い聞かせ、アンナの動向を報告させて――屈託なく傍にいられるカールが段々羨ましくなりました」

まかり間違えれば情けない話を正直に打ち明けられて、アンナの胸が高鳴った。

どうやら自分は、弱みを見せられると絆《ほだ》される性格だったらしい。

ドキドキと暴れる心臓は、より加速していった。

「距離を置こうと決めたところで、あの件があり――もう自分の本音をごまかせないと思いました」

あの件とは、言わずもがな半裸添い寝事件だ。

当時のことを思い出し、申し訳なくなる。あの一件が色々な意味で全ての転換点だった。

「ほ、本音？」

「はい。私は心の奥底では、アンナとこうなりたかった。形だけの婚約者候補ではなく、同じベッドで眠っても許される正式な関係に」

破壊力抜群の睦言にアンナの思考力は鈍麻した。

言葉のままに受け取っていいのだろうか。そうしたがっている自分がいる。

母と父の関係性から男女間の情なんて期待する気がないのに、よろめきかかっている自身が滑稽だった。

仮に今は気持ちが盛り上がっていたとしても、人の感情なんていずれ冷めるもの。縋るには頼りない。不確かなものに寄りかかるには、アンナは楽観的にも素直にもなれなかった。

「せっかく縁があって結ばれるのです。いがみ合い仮面夫婦になるよりも、協力して良好な関係を築きませんか」

グラグラ揺れる心に、コンラッドの言葉が突き刺さる。そういうことなら完全同意だ。

安定した生活を得るために共同戦線を張ろうと提案されたのも同然。同じ目標に向け手を取り合うなら、アンナの望みそのものだった。

――一瞬、私自身が愛され求められているのかと誤解しちゃったわ。

ホッとしたのが半分。残りの半分は名状できない痛みとなって胸にのしかかった。

全部がアンナの希望通りになったのに、モヤモヤする原因は不明だ。考えてもまるで分からず、『きっと初夜で混乱しているからだな』と結論付けた。

「勿論です。私はコンラッドの様の良き妻、カールに慕われる姉になれるよう、全力で努力します」

「ありがとう。私はこの先、命に代えても貴女を守り大事にします」

そんな大袈裟な、と一瞬怯んだが、先刻聞いた彼の過去からすれば、致し方ないことかもしれなかった。

信じた人に裏切られるのは辛い。しかも何度も繰り返されたとなれば、心が負った傷は計り知れなかった。いっそ誰も信頼しない方がずっと楽だ。

――そんな人が、私を信じようとしてくれたのね。どんなに勇気を掻き集めたことか。だったら、その期待に応えたい。

なまじ恋愛感情を持ち出されるより、ストンと胸に落ちた。勿論初めからコンラッドを裏切る気など毛頭ないのだが、以前よりもっと『助けになりたい』と願う。

「アンナ、少しだけ足を開いてもらえますか？」

膝を摩られ、何故か腹の奥が疼く。

従順に膝を左右へ滑らせると、脚の付け根へ彼の指が忍び込んできた。

「んッ……」

下生えを梳《す》かれ、自分でも必要な時にしか触れない場所を弄られる。

物慣れなさから頭上へ逃れようとすると、宥めるキスが目尻に落とされた。

「逃げないでくれ」

囁きが熱い吐息となって肌を炙る。命令とも呼べない優しい懇願がアンナの身動きを封じた。

短い言葉一つでこちらを操るコンラッドは、ひょっとしたら武骨でも生真面目でもないのだろうか。

アンナが想像もつかない場数を踏んでいるのでは……と彼を盗み見ると、真剣な表情にぶつかった。

その黒い両目に浮かんでいたのは、剥き出しの渇望。それからこちらを求める欲。あまりにも隠す気がなく、むしろアンナは安堵した。

自然と太腿からこわばりが解ける。開いた隙間を男の指が上昇してゆく。目指す先は不浄の場所。

アンナが息を詰めて強張ると、肉のあわいをなぞられた。

「んん……っ」

たったそれだけ。

けれど前後に擦られる度に、腰が揺れそうになる。潤滑液が滲む頃には、呼吸が弾んでいた。

「ふ、ぁ、あ……」

濡れた音が自分の下肢から奏でられる。卑猥な水音はアンナが快感を得ている証拠でもあった。

陰唇を割り拓かれ、隠れていた花芽が外気に触れる。そこは充血し、敏感になっているのが見なくても分かった。

ひりつく欲求が堆積し、もっと大きな愉悦を求めたくなる。とはいえそんな浅ましいことを口にできず、アンナは濡れた視線をコンラッドにやった。

――どうしよう。もうこれだけじゃ物足りなくなってしまった。

より鮮烈な刺激を欲し、息が乱れる。吐息は完全に発情している。それは彼にも筒抜けだ。

みっともなくて嫌なのに、止まれない。うねる欲望は正直で貪欲。今にもアンナの身体を食い破らんばかりだった。

「ぁ……ああッ」

硬くなった肉蕾を指で転がされ、アンナは嬌声を漏らした。突き抜ける法悦は甘美で、シーツから腰が浮く。

立て続けに陰核を摩擦され扱《しご》かれれば、たちまち淫悦の水位が増した。

「やぁ……待って、ぁ、あッ」

体内から愛蜜が溢れる。内腿《うちもも》は既にびしょ濡れで、コンラッドの手を淫蕩《いんとう》に濡らした。

爪先が丸まって、とてもじっとしていられない。強く握り込んだ掌に、爪が食い込む。しかしそんな痛みは微塵も感じないくらい、圧倒的な喜悦に襲われた。

「堂々と強気なアンナも魅力的ですが、今の貴女も堪らなく可愛い」

「ひ、ぁっ」

強めに花芯を摘まれ、下腹が波打つ。弾けた悦楽が光となって視界に爆《は》ぜた。

「もっと私だけに特別な姿を見せてください。——弟には見せない顔も」

「……ぁあッ」

独占欲が滲む物言いが、アンナの感度を上げた。

長く節くれだった指が一本、淫路へと埋められる。無垢な処女地は蠕動《ぜんどう》し、異物を追い出そうと蠢いた。

「は……っ」

「息を吸って、吐いて。そう、とても上手です」

さながら子どもに言う口調で呼吸を促された。けれど実体は到底未成年者に聞かせるべきではないもの。優しく労わられながらもふしだらで、アンナの頭はクラクラした。

「あ……！」

濡れ鬘《ひだ》を撫で摩られると、肉芽を転がされた時とはまた違う愉悦が湧く。最早完全に脚を閉じようとする気持ちは薄れ、アンナは髪を振り乱して身悶《みもだ》えた。

ベッドの上で、淡い茶の髪が扇型に広がる。特別珍しくも華やかでもない色味だが、母とよく似ていたので、アンナの誇りでもあった。

――残念ながら私の瞳の色が父親似だと知った時には、だいぶ落ち込んだわ。

アンナがリドル子爵家に引き取られてから、髪と肌の手入れは入念に行われてきた。あの当時には『付け焼刃で外見を磨くなんて、どうせボロが出る』と冷めた目で見ていたものの、今は嫌がらせをしつつもきちんと磨き上げてくれたメイドたちに大感謝である。日焼けしてパサパサだったものが、しっとりと艶を帯び、綺麗になったのは認めざるを得ないところだ。

もしも市井で暮らしていた昔のままであったら、アンナは気後れしてコンラッドの前で全てを曝《さら》け出せなかったと思う。

今は多少なりとも自信を持てるので、触れられても戸惑わずにいられる。その事実に心の底

から快哉《かいさい》を叫んだ。

――そう考えたら、クソみたいなリドル子爵家での生活も意義のあるものだったわ。ありがとう、メイドさんたち。陰で口汚く罵ってごめんなさい。

あの辛い日々があったからこそ、今日を迎えられた。感謝をして、アンナは過去に区切りをつけた。

「ん、ぁ、あん……っ」

肉壁を往復する指の本数が増やされる。同時に増々存在を主張する肉蕾を弾かれ、ものを考える余地が如実に減った。

快楽で頭の中が埋められる。指先まで侵食する恍惚《こうこつ》で、アンナが感じ取れるものはコンラッドから与えられる刺激だけになりつつあった。

「貴女に大変な思いをさせたくない。もっと解さないと」

「ひゃ……っ？」

大胆に開脚させられ、アンナは愕然とした。慌てて頭を起こし、直後に後悔する。見なければよかったと咄嗟に思った光景は、彼がこちらの股座《またぐら》へ顔を埋めようとしているところだったためだ。

「だ、駄目です！　そんな汚い！」

閨の教師であった老女は、『極力反応せず、旦那様のなさりたいよう自由にさせるのが淑女の嗜みです。大きな声を出すのはもっての外ですよ』と顰《しか》め面《つら》で語っていたが、それらの教えは実践では一つも役に立ちゃしない。

人形か死人でもあるまいし、この状況でどうして黙って横たわっていられるものか。

アンナは全力で四肢を捩り、彼の蛮行を止めようとした。

——こんなの、聞いていない！

「汚くありませんよ。それに大事な妻の初めてを、苦痛な思い出にしたくありませんから、この程度夫として当然です」

結婚に際し女性への事前授業があるように、男性にも先達者からの教えが施されるのか。

——だとしたら、新郎側では私が知る由もない常識が存在する可能性があるの？

抵抗をやめ、刹那のうちにアンナは考えた。

しかしその一瞬が敗因。コンラッドの舌が花芯に触れ、これまでにない官能が突き抜けた。

「きゃうッ」

指で弄られたのも気持ちよかった。だが種類の異なる刺激に翻弄される。生温かく弾力がありつつ柔らかな舌で摩擦され、窄《すぼ》めた唇で陰核の根元を圧迫されて硬い歯で甘噛みされると、愉悦はあっという間に飽和した。

「駄目、ぁあ……っ、変になる……っ」

「なってもいいですよ。見るのは私だけです」

「や……っ、そこで喋らないでぇ……！」

呼気が起こす風も、高められた身体には毒になる。話す振動が伝わって、もどかしさが増した。

蕾を強めに吸い上げられて、快感が増幅する。今や息も絶え絶え。喘ぐほど煮え滾る逸楽が膨らんでゆく。

三本に増やされた指が内壁を掘削し、内側を押し広げ至る所を撫で摩られると、尿意に似た感覚がせり上がった。

「や、ぁ、あッ、何か来る……！」

「涙目の貴女も堪らない。達していいですよ」

逃せない快楽は、弾けることでしか終わりを迎えられなかった。

「ぁ……ぁああッ」

真っ白になる。数秒間、意識が飛んだかもしれない。けれど味わう喜悦は生々しく、アンナの全身が引き絞られた。

内側にある彼の指を喰い絞めて、末端まで痙攣する。丸まった爪先がシーツを乱し、やがて弛緩《しかん》した。

「……ぁ、あ……」

「こんなに無防備なアンナを目にできるのは、夫である私の特権ですね」

淫窟から抜け出てゆく指からも愉悦を拾い、打ち震えずにはいられない。綻んだ蜜口が物欲しげに疼き、腹の奥が一層火照る感覚があった。

溢れた涙をコンラッドが舐め取って、見せつけるように舌をひらめかせる。

ついさっきまでその舌がアンナの陰部に触れ、極上の法悦を与えてくれたのだと思うと、居た堪れない心地になった。

しかしそれ以上に生まれるのが、この先への期待。

無意識にアンナは喉を鳴らした。

嫣然《えんぜん》と微笑んだ彼がゆっくりとアンナの両脚を抱え直す。虚脱した身体は、されるがまま淫らな姿勢を強いられた。不格好に脚を開かれ、恥ずかしい場所を隠す手立てはない。

全てを見られ、暴かれている。コンラッドの眼差しがこちらの裸体を嘗《な》め回《まわ》す度、アンナは喉の渇きを覚えた。

「……ぁ」

「名実ともに貴女を私の妻にします」

「……っ」

アンナの局部へずしりと重みのある肉槍が擦り付けられる。蜜液をたっぷり纏わせた剛直は、ゆっくりと淫道へ埋められた。

「……っくぅ」

「……息を、吐いて」

長大なものが無理に身体を引き裂き、大きさが合っていないとしか思えない昂《たか》ぶりが、アンナの中心を突き進んだ。覚悟していた以上の痛みで、呼吸の仕方も分からなくなる。

アンナが全身を固くすると、彼が瞼や鼻先、唇へキスの雨を降らしてきた。

「……すまない。少しだけ我慢してほしい」

息を乱しつつコンラッドが告げ、痛苦の中でアンナが瞼を押し上げると、そこには見惚れるほど色香を滴らせた彼が瞳を潤ませていた。

視線と口調、頬を撫でてくれる手つきから、こちらへの優しい気遣いが伝わってくる。

決してアンナが嫌がることはしないと、態度の全てで語っていた。

「ん……っ、平気、です。私を……コンラッド様の妻にしてください……っ」

そんな表情で自分を見つめてくれていたのだと思うと、心が濡れた。

この人と結婚できた幸福感が、アンナの胸をいっぱいにする。

色々あったことも、今となってはいい思い出だ。全部今日この日のための布石だったのだと強く思えた。

「……っあ、あ……ッ」

ゆっくり、けれど着実に二人の間の距離が縮まってゆく。比例して蜜窟の痛みが大きくなった。だがそれすら大切に感じる。

もしアンナの結婚相手が彼ではなく、リドル子爵家の都合でろくでもない男に売り飛ばされていたら、こんな気持ちになれなかった。

どこでも最大限頑張って人生を切り開くつもりだが、『不幸ではない』のと『幸せ』の間には越えられない壁がある。今よりもマシになりたい程度の願いが、よもや大きく花開くなんて、過去の自分に教えても信じられないに決まっていた。

——結婚って、私が考えていたよりもずっといいものかもしれない。

コンラッドの大きな身体に抱きつくと、この上ない安堵《あんど》感が押し寄せる。母を亡くして以来張り詰めていた心が、解《ほぐ》れてゆく感覚があった。

「ん……ぁ、あ……っ」

やがて互いの腰がピタリと合わさり、隙間なく折り重なる。一つになったかのような錯覚は、アンナに痛みを忘れさせた。

「……辛くないですか？」

「平気、です」

強がりではなく、喜びの方が大きい。やっと念願叶ったのだと思い、達成感に酔いしれた。だがそれ以上に感じるのは、不思議な多幸感。

微笑みたいのに涙が溢れ、胸が温かくなる。汗を滴らせてアンナを見つめてくる彼の髪を撫でると、湧き上がる感情がより大きく膨らんだ。

──この方が、私の人生の伴侶。これから先、共に生きてくれる人。

アンナ自身気づいていなかった寂しさの穴が、埋められる心地がする。打算で嫁いだはずの相手が、自分にとってこんなにも大きな存在になるとは思わなかった。

「動いても?」

「勿論、大丈夫です」

アンナの前髪の乱れを直し、目に入りそうだった汗を拭ってくれる優しさが沁《し》みた。

じっと動かずいてくれたのも、こちらを気遣ってくれたからだろう。

コンラッドの人柄を知る度に、アンナの中で何かが変わる。想像する気もなかった明るい未来が、まざまざと描けるようになるほどに。

「……アッ」

ゆるりと引かれた彼の腰が、同じ速度で戻ってくる。

まだ隘路《あいろ》は硬く、慣れていない。痛みがぶり返しそうになったが、コンラッドがアンナの淫芽を摘んだことで上書きされた。

「はうっ」

体内を掻《か》き回《まわ》される。淫音を奏でながら、深く浅く突かれる度にアンナは揺れた。同じ律動を刻む彼が、合間にキスを落としてくれる。それが嬉しくて、こちらからも夢中で応えた。

「ぁ……あ……っ、コンラッド様……っ」

「アンナ……っ」

快楽を得てくれている彼を見られ、歓喜が喜悦に置き換わる。もっと自分を感じてほしくて、アンナは両脚をコンラッドの身体に搦めた。すると結合が深くなる。

「……っ」

眉間に皺を寄せた彼は凄絶に美しい。唸りに似た息を吐き、奥歯を噛み締めていた。

「……そんなことをされては、理性が持ちません。それとも誘惑しているのですか？」

「や、違……っ」

ぐっと奥を突き上げられて、アンナは首を左右に振った。

しかし否定しているつもりはない。実際自分はコンラッドを誘っている自覚があったからだ。もっと求めてほしい。自分に溺れてくれたら、どれだけいいか。

そういう思いが欠片もなかったとは、決して言えなかった。

「私の妻はしっかり者に見えて、不意打ちで可愛い真似をするので厄介です」

「え、何かお気に召しませんか」

厄介と言われたことに驚いて、血の気が引いた。知らぬ間にやらかしてしまったかもしれない。彼に少しでも嫌われたくないと思い、アンナは怖々訊《たず》ねた。

「そういうところが、余計に私の心を掻き乱します」

「あ……っ」

深く貫かれたまま腰を小刻みに動かされ、ひりつく快感が全身に回り指先まで痙攣した。爛《ただ》れた濡れ襞はコンラッドの楔《くさび》に絡みつき、いやらしい音を立てながら味わっている。彼の肉竿に媚《こ》び、歓迎していた。

「んぁあ……ッ」

溢れる愛蜜が泡立ち、白く濁る。

アンナが甘く鳴くと、コンラッドが頬を摺《す》り寄せてきた。

「ああ……封印していた私の悪癖を解き放ったのは、貴女です。責任を取ってくださいね」

「あ、悪癖？」

「ええ。大切にすると決めた相手を駄目になるくらいとことん甘やかして、手元から離したくなくなる癖があるんです」

そんな話は聞いていないぞ？　と思ったが、問い直すことはできなかった。

激しさを増した彼の動きに、アンナの頭の中までぐちゃぐちゃに掻き回される。

声を出そうとすれば、嬌声になるだけ。汗を散らせ、身をくねらせ、襲い来る快感でわけが分からなくなった。

「ぁ、ああ……ァあぁッ」

再びあの高みに押し上げられる感覚がやって来る。今度は先ほどよりも大きい。

味わってしまえば元の自分には戻れない予感がして、アンナは必死にコンラッドへ縋《すが》り付《つ》いた。

「ぁああ……コンラッド様……！　私、また変に……ッ」

「私も、もう限界です。一緒にいきましょうか？」

どこへと問わなくても、本能が理解していた。

アンナはコクコクと頷き彼と呼吸を合わせる。共に揺れ、一つの塊になって、愉悦の海に飛び込んだ。

「ぁ……ああああッ」

「……っく」

達した直後に、体内へ熱い迸りが注がれた。焼け付く熱に腹を叩かれ、悦楽の高みから下りてこられない。

アンナが痙攣している間も、コンラッドはこちらを抱き締め、口づけてくれた。

労わりが滲む手つきで腕や顔を撫でられ、陶然とする。本当に大事にしてくれているのだと言葉より雄弁に伝わってきた。

「……お休みなさい、アンナ」

全身に快感の余韻と疲労感が広がってゆく。重くなった瞼が落ちてきて、アンナは静かに夢の中へ旅立った。

4　甘い夫婦の時間

アンナは我が身を振り返り、猛烈に反省していた。

のっぴきならない事情があったとしても、自身のコンラッドに対する結婚前の行動は強引で自分本位なものだったと思ったからだ。

相手の感情なんてお構いなし。とにかくこちらの都合でしか考えていなかった。

——そりゃ、コンラッド様のご両親の件を深く知らなかったせいもあるけど——

居座り、追いかけ回し、グイグイ迫って、傷心で疑心暗鬼真っただ中の人にする所業ではなかったと猛省している。無知故の愚かさだ。

結婚後、彼がとてもよくしてくれるので、余計申し訳なさに拍車がかかった。

——本当に驚くくらい、以前とは人が変わったように私を大事にしてくれる。変わり過ぎて、戸惑うほどよ？

本日は休日だからと、二人きりで観劇に繰り出した。

カールはまだ年齢的に出入りできない劇場なので、屋敷で留守番である。アンナとコンラッドの結婚式に参列し、以降王都に滞在中のロバートが面倒を見てくれていた。

叔父は、純粋に甥《おい》の結婚を祝福してくれた数少ない人間だ。いくら感謝しても足りない。それにコンラッドの心を辛うじて守ってくれていた人物でもあるので、アンナも信頼を寄せている。

そんな人が『せっかくだから二人で出かけて、夫婦仲を深めておいで』と言って送り出してくれたのだ。

ありがたい――が、初めての夫婦での外出。それだけでも緊張はしてしまう。

しかも移動の馬車の中では並んで座り手を握ったまま、劇場内でも片時も離れず、アンナに傅《かしず》かんばかりのコンラッドの態度は、注目の的だった。

さぞや驚愕《きょうがく》の光景だったのが、簡単に想像できる。この約二年間、彼は人前に出ること自体が稀《まれ》で、たまに姿を見せても無表情かつ荒《すさ》んだ空気を放っていたはずが、終始蕩《とろ》けんばかりの笑顔を浮かべていたせいで。

最高の席を予約したためか、挨拶にきた劇場の支配人も驚きを隠せない様子だった。

擦れ違う人々に至っては、思い切り足を止め、食い入るようにこちらを凝視する者まで出る始末。

あちこちでヒソヒソと噂話に花が咲き、おそらく今日の公演に集中できた観客は少ないのではないか。

アンナ自身、己が見世物になった気分がして、演目の内容はろくに覚えていなかった。

——いや、原因はそれだけじゃない。公演中、彼がずっと私の手を握り、摩《さす》って、人目を憚《はばか》らず密着してきたからよ。

あれは恥ずかしかったし、意識の大半が隣に座るコンラッドに持っていかれてしまった。更に時折、『彼女がここ最近一番人気の女優ですが、貴女《あなた》の方が綺麗《きれい》です』なんて見え透いたお世辞まで囁《ささや》いてくるなんて、正気を疑ったほどだ。

ただしこういう言動は今日だけに限らなかった。

別日でも彼は隙あらばアンナを褒《ほ》め称《たた》え、さながら姫君の如く扱ってくる。

足が痛いと言った覚えもないのに、庭園で抱き上げられた際には、断末魔の鳥じみた声を上げてしまった。

食事の場ではカールがいるので流石《さすが》にベタベタすることはないけれど、就寝前に軽く酒を嗜《たしな》む時には、コンラッドはアンナを膝に乗せようとする。

人目がなくてもこんな有様なのだから、周囲に夫婦仲が良好なのを見せつける目的ではないのだろう。

もっと顕著なのは、主にベッドの中。

義務とは思えぬくらい情熱的に求められた。これまでコンラッドは肉欲などありませんという涼しい顔をしていたくせに、一晩に複数回肌を重ねるのが常識になりつつあるのが怖い。

自分も体力には自信があったが、桁違《けたちが》いだ。アンナが翌朝起きられないことも珍しくなく、近頃はこちらの方が目の下に隈《くま》を作っていることが多かった。

昨日など、あまりにもアンナが朝からぐったりしていたので、いつも寡黙なメイドであるベスが珍しく『大丈夫ですか？　奥様』と心配してくれたほどだ。

命じられた仕事以外は決してしなかった彼女が案じてくれ嬉《うれ》しいものの、そこまでひどい状態だったのかと思えば複雑な心地がした。

――睡眠時間は同程度のはずなのに、何故《なぜ》コンラッド様はあんなに元気なの……肌艶が以前よりずっといい。

最も合う表現をするなら、『溺愛』だ。

事実だけを羅列すれば、新婚の夫が新妻に夢中だとしか思えなかった。

――コンラッド様が私を本気で愛しているはずもないのに、ちょっと油断すると勘違いしそう。

とにかく彼は献身的に夫の役目を果たしてくれている。

やや――いやかなり過剰でやり過ぎのきらいもあるが、世間的に見れば理想の夫に違いない。

事実、妻を愛し尊重する姿は好評で、これまでのコンラッドの悪評を払拭する勢いだった。

特に若い令嬢たちからは羨ましげな視線を向けられるほどだ。

――とってもよくしてもらっている。だからこそ、初めの頃の私は、いただけなかったと思うのよね。

どうせ互いに利用し合う政略結婚なのだから、という考えが根底にあって、意図せず無礼を働いた。今からでも心を入れ替え巻き返すべきだろう。

そうしないと、アンナに全力で尽くしてくれる彼に申し訳なくて顔向けできなかった。

「――何を考え込んでいるんですか？」

にこやかに微笑《ほほえ》んだコンラッドが視界に入る。我に返ったアンナは、ここが観劇の後に立ち寄ったカフェであるのを思い出した。

「疲れましたか？」

「あ、いいえ。ケーキが美味《おい》しそうだなと思っていただけです」

咄嗟《とっさ》にごまかすと、向かいの席に座った彼は「他のものも注文しましょうか？」と言ってきた。

「まだ一口もこれを食べていませんよ」

「気に入ったなら、買って帰りましょう。カールも喜ぶ。それとも店の権利ごと買い取りましょうか」

「ぶほ……っ」

極端な発想に面食らう。アンナは口に含んだ紅茶を吹き出しそうになった。

「冗談が過ぎます」

「本気です。私は冗談が苦手ですから」

そういう生真面目さはいらない。アンナは大いに戸惑い、唇を引き攣《つ》らせた。

「本当に以前のコンラッド様と中身が入れ替わっていませんか？」

「何の話ですか。この数年の私がおかしかっただけで、これが本来の自分です」

――おかしかった自覚はあるのね。

とはいえ、むしろ今の方がおかしいと言えなくもない。過剰供給される糖分に、アンナは胸焼けを起こさないか不安になった。

――でも、擽《くすぐ》ったくても嫌ではないのよね。人前では絶対やめてほしいとは思うけど。

「カールにお土産を買うのは賛成です。店ごと手に入れるのは却下です」

「残念です。アンナが喜んでくれると思ったのですが」

彼が名前を呼んでくれるだけで、それが何とも言えない満足感を呼び起こす。

特別なのだと、毎回言われている心地になるからだ。

――コンラッド様は私にも『様をつけなくていい』とおっしゃったけど、そう簡単に切り替えられないわ。

もう少し時間がほしいと交渉し、渋々頷《うなず》いてもらった。ただし『弟のことは初めから親しげに名前で呼んでいたのに』と恨みがましく付け加えられたが。

――案外嫉妬深い一面があるのよね。そういうところもちょっと可愛《かわい》く感じてしまう。何だろう、この気持ち？

カールに抱く種類とは少し異なる感情だ。

支えてあげたい、笑顔にしたいというのは同じでも、微妙に違いがあった。

「お店を手に入れても、困ります。それよりもこうしてたまにコンラッド様と一緒にお茶を飲みに来られる方が、楽しいです」

「分かりました。貴女がそう言うなら」

眼尻を下げた彼の笑顔は、破壊力がある。なまじ絶世の美形なものだから、僅かな表情の変化でも人目を惹《ひ》きつけるのだ。ましてそれが華やかな笑顔ともなれば、尚更《なおさら》だった。

「――まぁ、ご覧になって。あちらダウズウェル伯爵様ですわよね？　元気になられたと伺ってはいましたが、以前よりもっと素敵になられて……」

「ではあれが噂の奥様？　――へぇ。思ったよりも普通なのね」

「ダウズウェル伯爵様が溺愛なさっていると聞いていたので、傾国の美女もかくやな方かと思っておりましたわ」

どうやらここでもアンナは見世物状態に置かれるらしい。

周囲から嫉妬交じりのヒソヒソ話が止まらない。

コンラッドは注目されることに慣れているのか、平然としたものだ。だが、アンナに対する嘲笑めいたものが聞こえてきた途端、立ち上がった。

「店を出ましょうか、アンナ」

「え、でもまだ食べ終わっていません。せっかくとても美味しいのに」

「ケーキは全種類屋敷へ運ばせておきます。どうせならもっと空気のいい場所で休憩しましょう。ここは騒がし過ぎる」

よく通る声で彼が告げ、アンナを嘲《あざわら》っていた女性らは気まずげに俯《うつむ》いた。

それを見て、アンナはコンラッドが自分を庇《かば》ってくれたことに気づく。あまり異性に守られた経験がないので、戸惑ってしまった。

「あ、ありがとうございます」

「礼を言われることはしていませんよ。夫が妻に尽くすのは、当たり前です」

差し出された手に自らの手を乗せると、恭しくエスコートされた。

店を出るまで、店内にいる大勢の人々の注目が集まっているのを感じつつ、彼がそれらの視線からアンナを庇おうとしてくれているのも悟っていた。

腰を抱かれ、顔を接近させて囁かれると、心がフワフワしてしまう。

コンラッドのことで頭がいっぱいになり、最早《もはや》悪口を言われた事実は、アンナの頭の中から消《き》え失《う》せた。

「次は個室を予約しましょう。今日は着飾った愛らしいアンナを皆に見せたくて、人目につく一般席に座ってしまいました。申し訳ありません」

「んん……ッ」

甘い。甘過ぎる。歯が溶けそうな糖度である。

——初対面の彼とは本気で別人なんじゃないの？　毎日この調子じゃ、私の心臓が持たないのだけど。

こちらまで甘さに侵食されかけて、アンナは強引に頭を切り替えた。

——とにかく、こんなにも大事にしていただいた分は、妻として役目を果たさなくちゃ。

別にコンラッドが自分に何かを要求してはいないのだが、彼が両親の事故に関して疑惑を持ち、犯人を捕らえたい件は聞いていた。

だとしたら、アンナにできる恩返しはこれだろう。

——私も真実を明らかにする手伝いがしたい。

「コンラッド様、お話したいことがあります」

馬車に乗り込むなり、背筋を正して切り出した。

またもや隣に座った彼は笑顔で先を促してくる。軽く首を傾《かし》げた様が美麗で、もしアンナに絵心があったなら、絵筆をとらずにはいられなかったはずだ。

「先代伯爵夫妻のこと——私も調査に協力させてください。力不足ですが、女性同士の会話なら、私の方が色々聞きだせる可能性が高いと思います」

男性には入り込めない領域がある。それが、社交界での女性だけの情報網だ。

「急に何を――貴女を危険に晒《さら》すつもりはありません。これまで通り、私が調べます」

「コンラッド様がいきなり女性ばかりのところへ突撃したところで、成果は得られないと思いますよ。これまでもそうだったのではありませんか？　女はお喋《しゃべ》りだとしても、親しくない男性に軽々しく秘密は洩《も》らしません」

心当たりがあったのだろう。彼は言葉に詰まって黙り込んだ。

他者から話を聞き出すにも、技術がいる。申し訳ないが、彼にその才能があるとは思えなかった。

――それに、コンラッド様が他の女性と親しくなるのは嫌だ。いくら目的のためであっても、とってもモヤモヤする。

「だがいくら女性同士でも――」

「私はたぶん、コンラッド様よりも他者と交流する能力は高いですよ。お悩み相談を受けていましたし、人を饒舌《じょうぜつ》にするのは得意なんです」

「お悩み相談……？」

「あ、友人や家族からのものです！」

危ない。普通の貴族令嬢は悩み相談で小銭を稼ぎはしないはずだ。

うっかり口を滑らしそうになり、アンナは「天気がいいですね」と適当なことを言ってはぐらかした。

「貴女は病弱で、最近までリドル子爵家の領地から出ていませんでしたよね？　親しいご友人がいらしたのですか？　それにご両親は、滅多《めった》に王都を離れたことがなかったのでは？」

「ん……っ、その、使用人とは懇意にしていましたし、領民の中で年齢の近い子がいましたので。か、彼らは家族であり友人です」

しかし話を逸《そ》らしきれず、蒸し返される。

彼は疑うというより単純に疑問を感じただけらしいが、こちらはしどろもどろにならないよう動揺を押し隠すのが精一杯だった。

「ああ、なるほど。確かにアンナは、誰に対しても分け隔てなく接しますね。我が家のメイドを引き連れて邸内の大掃除を敢行していたことには驚きました。けれどあれのおかげで屋敷の中が綺麗になったのは勿論《もちろん》、使用人たちも明るくなった気がします。何より率先して動く貴女を、皆が慕っている」

「勝手な真似《まね》をしてすみません」

アンナが蜘蛛《くも》の巣塗《まみ》れになりつつ先頭に立って掃除の指揮を執っていた際のことを思い出したのか、コンラッドがクスクスと笑った。

「あれは衝撃的だったな。家令も同じで『こんな方は見たことがない』と言っていました」

「デショウネ」

当時は一所懸命で、あまり周りの評判を気にしていなかった。それよりもダウズウェル伯爵家に停滞する重苦しい空気を払拭したい思いでいっぱいだったのだ。

「でもそれがあったから、屋敷の者たちが皆、生き生きし始めたのだと思います。前と違い、近頃は信用してもいいかなと感じる者も増えてきました。貴女付きのメイド、ベスも以前とは全く違う勤務態度です」

「だとしたら、やった甲斐《かい》がありました」

最低限の仕事をして、積極的に主一家には関わらない。そういう姿勢を見せていた使用人の中にも、本当は熱意ある者が混じっていた。

彼らと距離が縮んだおかげで、いい人材を発掘できそうなことは朗報だ。考えてみれば悪意云々《うんぬん》の前に、こちらが信用していないのにあちらも心を開けるわけがない。

双方とも歩み寄る気がなくては、ギクシャクするのが当然だった。

「話が逸れましたが、私の交流技術は評価してくださいますよね？　だから任せてください」

「でも――」

「私だってコンラッド様の役に立ちたいのです」

ここまで言っても彼は渋っている。そこでこちらの本気を理解してもらうため、アンナはコンラッドの瞳をじっと見つめた。

「私だって、大切な人はこの手で守りたいです」

「アンナ……」

彼の双眸《そうぼう》が揺れ、見開かれた。どうやら気持ちが通じたらしい。アンナがホッとした直後、力強く掻き抱かれた。

「きゃ……っ」

「ありがとう。そんな風に言ってくれて、とても嬉しい」

ギュウギュウに抱き締められて、少し苦しい。けれど何だか心がポカポカして、アンナはコンラッドの背中を軽く叩《たた》いた。

「家族ですから。一緒に頑張りましょう」

自分たちは運命共同体。本来なら出会うこともなかった赤の他人が、こうして寄り添い合えるのは奇跡だ。

アンナに試練ばかり与えてきた神に、ちょっぴり感謝してもいい気がした。

――お母さんは生前、『いつか心から大切にしたい人がアンナにも現れるわ。その人を見つけたら、絶対に逃がしちゃ駄目よ。幸せになりなさい』と言っていた。あの時は聞き流してしまったけど、きっとこういうことだったんだな。

しみじみと思い出す。

アンナが感傷に浸っていると、背中に触れていた彼の手が妖しい動きをし始めた。

「……ん？」

じりじりと下降し、今はガッツリ尻を揉《も》まれている。

スカートを膨らまさない近頃流行《はや》りのドレスであったこともあり、身体の線が辿《たど》れる仕様なのが敗因だった。

「あの、コンラッド様？」

「どうかしましたか」

「ここは馬車の中ですよ？」

「まだ屋敷に到着するまで時間がありますので、安心してください」

聞きたいのは、そういうことではない。

アンナは彼の手を掴《つか》んで阻もうとしたが、それよりも早く体勢を入れ替えられる。身体を持ち上げられたと思った次の瞬間には、コンラッドの脚の間に同じ方向を向いて座らせられていた。

「ちょ……っ」

腹に男の腕が回ってきて、抱え込まれる。まるで小さい子どもになった気分だ。立ち上がろうにも動く馬車の中は不安定で、得策ではなかった。

「は、放してください」

「どうして？」

そう聞きたいのはこちらの方だ。何故こんな事態になっているのか。

生温かい呼気が耳に降りかかったと感じた直後には、背後から耳殻を舐《な》められた。

「ひゃっ」

「いつもはカールがいますし、昼間はお互い忙しいので、こういう時間は貴重ですね」

「ええ、そうですね。──あ、変なところを触らないで……ぁッ」

こちらの腹を拘束していた腕が移動し、服越しに乳房を掴まれる。身を捩《ねじ》ろうとすると一層強く抱き締められた。

「変なところとはどこですか?」

「し、白々しい。分かっていますよね?」

「アンナの口で、教えてください」

振り返って睨《にら》めば、極上の笑顔で跳ね返された。

その間にも、胸元のボタンが外され、スカートをたくし上げられる。次第にアンナの脚が露《あら》わになり、服は着崩れていった。

「ここをどこだと思っているのですか?」

「馬車の中ですね」

会話が成立しているようで、巧妙に躱《かわ》されている。その上耳に息を吹き込まれ、思わず首を竦《すく》めた。

「んッ」

「アンナは耳が弱いですね」

「そんなこと知りません。──あ、駄目……！」

内腿《うちもも》を下着越しに摩られる。流石に脱がされはしなかったが、その分布の上から弄《いじ》られるのがもどかしい。直接触れられるのとは違う感覚が、より背徳感を掻き立てた。

「ふ……っ」

秘裂から、じわ……と愛蜜が滲《にじ》む感覚がある。下着が濡れるのは気持ちが悪い。さりとて『いっそ脱がしてくれ』とは絶対に言えない。

御者に車内の物音は聞こえないと思うが、声を出すのは憚られた。

暴れるわけにもいかず、精々できるのは控えめな抵抗だけ。

コンラッドの手を阻もうとし身を捩ったアンナは、尻に当たる硬いものの存在に気づいた。

──これ……

もう何も知らない生娘ではないので、察せられた。

彼の一部が、アンナと触れ合うことで反応を示している。その事実に思い至り、興奮が募った。

滾《たぎ》る呼気が湿り気を帯びて首筋を擽る。アンナが微《かす》かに動くとコンラッドの吐息が乱れ、背中全体で感じる彼の体温が、どんどん上がってゆくのも伝わってきた。

そしてこちらも火照りが大きくなる。

しっとりと汗ばんで、恥ずかしい。けれど下着を濡らしているのは、それだけではない。

柔肉の割れ目を引っ掛かれ腰がヒクつき、より蜜液が溢《あふ》れるのが分かった。

——恥ずかしい。でも物足りないのも気持ちがいい。

乳房の飾りも布に摩擦され、すっかり立ち上がっている。すると余計にむず痒《がゆ》さが増した。

「あ……っ」

「このまま抱いてしまいたいな」

「だ、駄目です」

「御者に遠回りして帰るよう伝えましょうか?」

そんなことをされては、『中でふしだらなことに耽《ふけ》っていました』と言っているようなものだ。

コンラッドが本気でやりかねない気配を感じ、アンナは慌てて頭を左右に振った。

「カールを待たせていますから、一刻も早く帰りましょう!」

「それじゃ代わりに声を我慢しないと約束してくれますか?」

どんな交換条件だ。しかしアンナに選ぶ余地はなかった。

「わ、分かりました。約束します」

「じゃあ、到着するまで貴女の可愛い声を聞かせてください」

「え」

てっきり、今夜の話だと思っていた。けれど今現在のことだったらしい。

「や、今は……」

「ほら、早く達しないと中途半端な状態で終わってしまいますよ？」

「ん、ぁ……ッ」

媚肉を押し上げられて、身体が強張《こわば》る。のけ反って逃れようにも、後ろには彼がいる。そもそもここは狭い空間。アンナに逃げ場所なんてあるはずもなく、淫らな指に翻弄された。

「や……待って」

「待ってもいいですが、貴女の方が辛くなりますよ。屋敷に戻れば、カールが遊んでくれてと言ってくるでしょうし、すぐに降りずモタモタしていたら御者に不審がられるでしょうね。きっと早く達した方が楽でしょう？」

脅し文句に等しい物言いに背筋が震えた。

だが脅迫じみた台詞すら官能の糧になる。アンナの唇から漏れた息は、濡れている。

期待に染まり、頬はどんどん熱を持っていた。

直接触れない愛撫は続き、より大胆になってゆく。下着はすっかり濡れそぼち、もしかしたら色を変えているかもしれない。スカートで隠せるとしても、問題はそこではなかった。

「ぁ……あ……っ」

コンラッドはアンナが弾けるまで、やめないと宣言したのも同じだ。仮に馬車が屋敷へ到着しても、その時点で快楽を極めていなければ、アンナを解放する気がないのだろう。

淫らな事実が嫌でも分かり、ゾクゾクする。

自分には被虐の趣味はないと認識していたが、与えてくれるのが彼であれば、こんなことすら悦《よろこ》びに変わった。

――こんなところで不埒《ふらち》な真似を……ああでも、駄目だと思うほど感じてしまう。

車輪の音で淫猥《いんわい》な水音は聞こえない。だがアンナの乱れる呼吸は鮮明だった。

次第にひっ迫感を増す呼気が馬車の中の温度を上げる。すなわち興奮が高まり、コンラッドの肉槍も硬度を増した。

「わ、私よりもコンラッド様の方がそんな状態でどうするんですか」

「案じてくれてありがとう。でも大丈夫ですよ。上着でごまかせますし、最悪出してしまえばいいだけですから」

生々しい発言に眩暈《めまい》がする。きっとアンナも淫靡《いんび》な空気に当てられておかしくなっているのだ。

指の動きが激しくなり、愉悦が増す。首筋に齧《かじ》り付かれると、もう我慢はできなくなった。

「あ……っ」

硬くなった肉粒が布に擦れて快楽を産む。

両脚が突っ張り、結果的に彼へもっと寄りかかる体勢になっていた。

「可愛いな。もっと脚を開いて。そうしたら気持ちよくしてあげます」

柔らかな命令が耳に注がれる。拒めば済むだけの話が、ままならない。靴のヒールが馬車の床を擦り、アンナの踵《かかと》は左右へ離れていった。

開いた脚の付け根が疼《うず》いて堪《たま》らない。すっかり高められ淫靡に綻んだそこは、更なる刺激を求めていた。

コンラッドの言う通り、このまま放置されれば辛い。弾ける快感を教え込まれたアンナの身体は、とことん淫らに躾《しつ》けられていた。

「いい子ですね」

こめかみへのキスは、アンナの理性を壊す。渇望が煽《あお》られて、常識や貞節は遠くへ追いやられた。

それよりも満たされたいと願ってしまう。あと何分くらいで屋敷へ到着するのかという焦りが、余計に燻《くすぶ》る熱を増幅させた。

「あ……っ」

肉の割れ目に沿わせた指で、花芯全体が摩擦される。色々な要因が重なる恍惚《こうこつ》で、アンナの眦《まなじり》から涙が滲んだ。

彼の腰が背後から押し付けられ、無意識にアンナは尻を蠢《うごめ》かせる。

繋《つな》がれないことが、こんなにももどかしく切ないなんて、自分でも信じられない。良識に則《のっと》ればこんなことをしている場合ではないのに、もう止まれなかった。

「ぁ、あ、あ……っ」

チカチカと幻の光が明滅する。絶頂が近い。

体内が収斂《しゅうれん》し、何も埋められていない蜜壺が蠕動《ぜんどう》した。

「ぁ……ァあああ……ッ」

四肢を強張らせ、アンナは艶声を漏らした。万が一馬車が移動中でなかったら、外に声が漏れていてもおかしくない。

けれど普段であれば気にかかって当たり前のことすら、頭の端に浮かばなかった。

息を荒げ全身をヒクつかせる。息も絶え絶えになったアンナの腹を、コンラッドが撫でてくれた。

「よかった。家に到着するまでに間に合いましたね。呼吸を整える時間もありそうだ」

ひょっとして彼は嗜虐《しぎゃく》的な一面があるのかもしれない。

妖しい笑みは、愉悦に満ちている。アンナの痴態を余すところなく見届けようとする眼差しに、ゾクゾクしてしまう自分も大概だったが。

「い、意地悪です……」

「とても優しくしていますよ。これが私の愛《め》で方《かた》です。だから慣れてくださいね？」

何か言ってやろうとしたアンナは悪辣な台詞を返された。

もしかしたら自分はとんでもない相手に嫁いでしまったのかもしれない。そう思ったものの、髪と着衣の乱れを直され、労わりのキスをいくつもされると、絆《ほだ》されてしまう。

包み込まれる温《ぬく》もりは、抗《あらが》い難《にく》いほど気持ちがいい。

誰かに寄りかかり、その人に必要とされること。母がいた頃には自分が如何《いか》に恵まれているのか考えもしなかった幸福を、取り戻した気がする。

やっぱり幸せかも？　と噛《か》み締《し》めつつ、アンナは夫に身を預けた。


屋敷へ戻ると、カールとロバートは散策がてら写生をしに外へ出ていた。

おかげでアンナたちは着替えと身繕いする時間を取れ、誰にも不審がられることなく、何事もなかった振りをして彼らと夕食を共にした。

「今日は楽しかったかい？」

「はい。チケットを手配してくださり、ありがとうございます」

叔父の質問に内心冷汗をかきつつも、アンナは優美に答えた。

ダウズウェル伯爵邸に滞在中のロバートは、コンラッドにはあまり似ていない。茶色の髪に同じ色の瞳を持つ、穏やかな風貌をしていた。

いつも柔和な笑みを浮かべ、優しい声で喋る。動きはおっとりとしており、キビキビ動くコンラッドとは、見た目だけでなく印象からして真逆だった。

挙式で顔を合わせた他の親族たちは大半が黒髪黒目で、どちらかと言うとキリッときつめの顔立ちの者が多かったから、ロバート一人が異質なのかもしれない。

コンラッド自身だって、ここ最近の溺愛全開状態の前は、厳しい雰囲気を放っていた。

──叔父様がいらっしゃると、より邸内の空気が和らぐわ。カールも楽しそう。……だからこそ劇の内容はほとんど覚えていないなんて、言えないわ。

せっかくロバートが人気の演目のチケットを入手してくれたのに、申し訳ない。

甥《おい》っ子《こ》夫婦はイチャイチャして終わりましたなど、天地がひっくり返ってもバレるわけにはいかなかった。

「あの興行主は若い頃からの知り合いなんだ。楽しんでもらえたなら、よかった」

「いいなぁ。僕も観に行きたかった」

「カールがもう少し大人になったら一緒に行きましょうね」

疼く罪悪感を捩《ね》じ伏せ、アンナは微笑みながらコンラッドを盗み見た。彼はまるで良心が痛んでいないのか、平然としている。

こちらばかりが動揺しているようで、悔しい。しかし心の葛藤を悟られるのも困る。

結局叔父と当たり障りのない会話を続けるしかなかった。

「──でも驚いたなぁ……君たちがこんなにも仲を深めるなんて思わなかった。人生、何がどう転ぶか分からないものだね」

「ええ。私も身に余る良縁に恵まれ、己の幸運を噛み締めています」

「私たちの婚姻は、叔父上が勧めてくださったのですよ」

しばし沈黙を貫いていたコンラッドが、突然会話に加わった。しかも意味深な流し目をこちらに寄越《よこ》してくる。

昼間の淫靡な戯れを思い起こさせる視線に、アンナは頬が赤らむのを感じた。

「そ、そうだったのですね。では叔父様が私たちの縁を結んでくださったのですか」

「はい。リドル子爵家との縁談が好ましいのではないかと助言してくれました。叔父上の慧眼《けいがん》には感服します」

この場合、決して『コンラッド自身、ひいてはダウズウェル伯爵家の助けになる家柄』としてではなく『毒にも薬にもならない、適度に落ちぶれた利用しやすい家柄』ということだろう。

冷静に分析し、アンナは『懸命な判断だわ』と心の中で頷いた。

――だけどどういう理由であっても、そのおかげで今があるのね。

ならばより一層感謝しなくては。アンナは気持ちを新たに、ロバートへ敬意を抱いた。

「大袈裟《おおげさ》だな。僕は思ったことを口にしただけで、深く考察したのではないよ。僕自身、社交界とは距離を置いているから、最近の情勢には疎いしね。だがいい結果になったのなら、本当に嬉しい」

「姉上がいらしてから、兄上は昔みたいに笑うようになったんだよ。屋敷全体が明るくなった気もするし、いいことばかりだ。それに姉上は色んなことを教えて下さり、沢山のことを知っている。何を聞いても答えてくれて、遊びに関してもすごいんだから！　新しいゲームを考え付いて、かと思うと古いやり方だって――」

手放しで褒めてくれるカールが、アンナのいいところを並べ立てた。

あまりにも無垢《むく》な瞳で絶賛されるものだから、気恥ずかしい。

どんどん頬が熱れてゆく。『もうそのくらいで』とアンナが制止しようとすると、今度はコンラッドが「使用人たちに対しての態度も公平かつ毅然《きぜん》とし、それでいて慈しみを忘れない。我が家の女主人として家令も信頼しています。彼女はとても頭がいいので、何でもすぐ覚えて教え甲斐があるそうです」と宣《のたま》った。

――やめて。重ねてこないで。最早褒め殺しされている気分よ？

確かに正式に結婚した後は、女主人としての勉強と仕事をこなしている。

財務管理はまだ全てを任されていないものの、日々家令に手解《てほど》きを受けていた。

コンラッドが信頼する数少ない使用人の一人である彼は、普段寡黙で滅多に感情を表に出さない。常に鋭い眼差しで帳簿を睨み、アンナの間違いを冷徹な声で指摘してくるので、てっきり出来が悪い生徒と見做《みな》されていると思っていたのだが、違ったらしい。

多少は評価されていたのだと知り、ちょっぴり嬉しかった。

――段々ダウズウェル伯爵家の中で、私の居場所ができあがっていくみたい。

「へぇ。あの滅多に人を褒めない家令が？　それは素晴らしい。よほどアンナ様が優秀なのだね。それに屋敷の中の空気がとてもよくなっているのは、僕にも分かるよ。何よりコンラッドの表情がまるで違う。君が屈託なく笑うのを見たのは、いつ以来だろう」

ニコニコと笑うロバートが上機嫌でワインを呷《あお》る。存外酒好きの彼はさほど酔っているようには見えないが、かなりの量を飲んでいた。

「楽しいなぁ。こんなに愉快な気分になるのは、いつ以来だろう。僕が最後にこの屋敷に滞在したのは何年前だったかな」

「私が子どもの頃ですから、二十年近く前でしょうか。王都にいらっしゃることもほとんどなかったので、叔父上はあまり賑《にぎ》やかなのはお好きではないと思っていました」

「そうだね。騒がしいのは苦手だ。でも義姉さんが色々僕に気を遣って過ごしやすいようにしてくれたんだよ。ダウズウェル家の中で毛色が違う僕が浮かないよう、いつも親身になってくれた。懐かしいな」

思い出を反芻《はんすう》しているのか、叔父は目を細めた。

「ああ、色々昔のことを思い出すな。そういえば兄さんたちの部屋はそのまま残しているのかい？」

「二人の思い出に関するものは、一つの部屋に纏《まと》めてあります。そのまま残すことも考えましたが心の整理のためと、今は私が当主なので」

「ああ。そうだね、それがいい。ちなみにどこに移動したんだい？　どんなものが置いてあるのか、僕も見てみたいな」

兄を偲《しの》ぶように、ロバートが杯を重ねる。赤い液体がグラスの中で揺らいだ。

「主に、二人が互いに贈り合ったものですよ」

「大事なものはそこに収められてあるというわけか。ますます見たいな」

「日記などかなり個人的なものもありますので、部屋の整理をしたらご案内します」

コンラッドが告げると、叔父は諦めきれない様子で「今すぐ見せてくれてもいいのに」と名残惜しげに呟《つぶや》いた。

「叔父上、今日はカールを一日中見ていてくださりお疲れでしょう？　もうお休みになられてはどうですか」

「僕を年寄り扱いするつもりかい？」

「とんでもない。大切な叔父上の身体を案じているのです。健康で長生きしていただくためにに」

「ふふ、分かったよ。今夜はこれくらいにしておこう。可愛い甥っ子の言うことには、従わないとね」

グラスを置いたロバートが目を細める。それを合図にして夕食は終了になった。

「姉上、後でゲームをやろう？　僕、すごい作戦を思いついたんだ」

「分かったわ。でもその前にちゃんと歯を磨いて入浴してね」

アンナの言葉にカールが頷く。先に席を立ったロバートを追うように弾む足取りで食堂を出ていった。

「――あの様子だとカールも疲れてすぐに眠りそうです。今日はかなり歩いたみたいですし」

「叔父様と過ごすのがとても楽しかったんですね」

「親族の中で弟を構ってくれるのは、叔父上だけなので……」

「ああ……」

両親が存命なら、遅くにできた第二子として愛情を注がれ、もっと大事に扱われたに違いないカールを思うとアンナは悲しい気持ちになった。

――その分、私たちが愛情を注いであげたい。

自然にそう考え、ハッとする。自分は今、至極当然に『私たち』と思い浮かべた。

疑いもせず『アンナとコンラッド』を共同体と捉えて。

その事実が擽ったくて貴い。眩暈がするほどの至福を味わい、無意識に口角が綻んだ。

――ああ、そうか。私はコンラッド様が傍にいて、同じ考えを持ってくれることに疑問がないんだ。

損得勘定や消極的な選択ではなく、選び取りたいもの。

手に入れたら、絶対に手放したくない宝物。母が言ってくれたことが胸に沁《し》みる。

もう彼なしの人生は考えられなかった。

「アンナが笑ってくれると、私はとても幸せな気分になります」

「奇遇ですね。私もコンラッド様とカールが笑顔になると、嬉しいです」

きっとこうして家族になってゆくのかもしれない。形だけでなく本当の意味で、かけがえのない存在に。

「アンナも今日は疲れましたか？」

「いえ、早めに帰宅しましたし、そうでもありません」

「では馬車での続きをしましょうか？」

淫靡な誘惑で、あっという間に体内に熱が生まれた。こうも簡単にアンナを掻き乱す彼は、魔性の気がある。

いとも容易《たやす》く操られるのは悔しいのに、アンナは小さく頷いていた。

期待が燻り、意地を張ることもできない。自分でも同じことを望んでいたのだと、今更ながら自覚した。

「よかった。断られたら、どうしようかと心配しました。本音を言えば、私の方があれからずっとアンナを抱きたくて堪らないのです」

正直すぎる言葉が、愉悦に変わる。

見つめ合うだけで、疼きが大きくなった。いつからこんなにも淫らな身体になってしまったのか。

椅子から立ち上がったコンラッドがこちらに歩み寄ってくる姿から目を離せない。魅了され、意識の全部が持っていかれた。漏れ出る吐息は濡れている。

傍らに立たれると、操られたようにアンナも腰を上げた。

口づけが瞼《まぶた》や目尻に落とされる。

これ以上は、使用人の目がある場所では恥ずかしい。アンナが軽く視線で叱ると、彼が艶《つや》やかに唇で弧を描いた。

「二人きりになりましょうか」

「いいですよ。でもその前に昼間の件で、許可をください」

先代伯爵夫妻の死の真相についてアンナが探る話は、結局うやむやになっていた。

馬車の中では卑猥《ひわい》な行為でごまかされ、帰ってからも話題にする機会を逸していたのだ。

コンラッドは上手くはぐらかしたつもりでも、アンナは忘れていない。ベッドに連れ込まれてしまえば、いつも通り悠長に会話する余裕がなくなってしまう。

きっと途中で意識が飛び、翌朝は遅い時間まで起きられない可能性が高かった。だから今きちんとけりをつけておかなくてはならないのである。

「やっぱり貴女は手強いな。簡単には流されてくれませんね」

「従順で意見を言わない女がお好みですか？」

「いいえ。しっかりと芯を持つ女性が好みです。アンナが理想です」

さらりとお世辞を取り入れて、彼がアンナの髪に鼻を埋める。首筋を指で擽られ、うっとりし——危うくまたごまかされそうになったが、そうはいかない。

今度は引かないぞ、と決意を固め、アンナは悪戯《いたずら》なコンラッドの指先を躱した。

「許してくださらないと、まだ寝室へは行きません」

「それは困った。では交渉を兼ね、ひとまず一緒に入浴しましょうか。うん、名案です。貴女はまだ寝室へ行きたくない。私はアンナに触れていたい。双方の希望を叶《かな》えられる上に、ゆっくり話もできますし」

「……え？」

いっそ幻聴であってくれと祈りたくなる妄言が聞こえた。

愕然《がくぜん》として彼を見れば、悪戯が成功した子どもに似た顔をしている。しかし言っている内容は凶悪そのものである。

「何を言って——」

「私たちは夫婦ですから、たまにはいいですよね？」

いいはずがない。アンナの中には、誰かと共に入浴するなんて常識はなかった。

「冗談はやめてください」

「冗談だと思いますか？」

こちらの髪をひと房取ったコンラッドが、そこへ口づけてくる。感覚がないはずの毛束が熱く感じるのは気のせいでしかなかった。それなのに、そこからジワジワと熱が広がってゆく錯覚がある。放っておけば、全身に火が回ってしまいそう。

情熱的な瞳に炙《あぶ》られ、アンナは彼の問いかけに答えられなかった。

「丁度湯の準備が整った頃だと思います。二人で浸《つ》かれる程度には浴槽が大きいので、心配ありませんよ」

「心配しているのは、そこではなくて……！」

「話は入浴しながら伺います」

強引に腰を抱かれ、連れていかれた先は、夫婦専用の浴室だ。メイドの手伝いを断ったコンラッドが堂々と服を脱ぎだして、アンナは慌てて後ろを向き視線を逸らした。

「つ、慎みがないですよ」

「もう何度も見ているくせに、初々しいですね。それより、貴女も脱がないと濡れてしまいますよ？」

「私は入りませ――きゃぁッ」

言い切るよりも早く背中のボタンを外され、アンナは緩んだ胸元を押さえて振り返った。

「中でじっくり話し合いましょう」

他に選択肢はないと、彼の眼差しが語っている。おそらくこれ以上揉めても時間の無駄だ。

あれこれ理由をつけてアンナが先代伯爵夫妻の件に関わるのも禁止されてしまう。それが嫌でも察せて、アンナは臍《ほぞ》を噛《か》んだ。

――この……頑固者！

腹立たしい。言いなりになるのが癪《しゃく》に障り、アンナは腕まくりしてコンラッドと対峙《たいじ》した。

「分かりました。それでは私がコンラッド様の入浴介助をして差し上げます。一緒に浴室へ入りますので、そこでお話しすることはできますね？」

軽く目を見張った彼に『してやったり』の気分になった。

――思い通りになんて、簡単にはならないわよ。

「ふ……あははッ、貴女はいつも想定外で面白い。予測不能なところもアンナの魅力ですね」

褒められているとは思えないものの、彼の弾ける笑顔が見られたので、よしとする。これで馬車の中で一方的にあれこれされた溜飲《りゅういん》も下がるというものだ。やられっ放しではいられない。

一矢報いて満足したアンナは、今度はコンラッドを急《せ》き立てた。

「さ、私が綺麗にして差し上げます」

「それは楽しみだな。でも全部ではなくてもドレスは脱いでおいた方がいい。びしょ濡れになっては、メイドたちが詮索するかもしれない」

不本意ながらその言葉には納得し、アンナは下着姿になった。全裸でないだけマシ程度の防御力だ。それでも素肌を隠せることを、小さな勝利と位置付けた。

浴槽にはたっぷりと湯が張られ、蒸気で蒸し暑く感じる。彼を湯に浸からせ、アンナは早速コンラッドの腕を洗い始めた。

「私はされるよりもする方が好きですが、こういうのも悪くありませんね」

ご満悦である。

明るい場所で、しかも寝室ではないところで彼の裸体を目にするのも触れるのも初めて。アンナは邪《よこしま》な気分にならないよう、ぐっと己を戒めた。

――分かっていたけれど、直視できないくらい綺麗な肌と身体。

広い背中に至っては、筋肉の凹凸が見事で感嘆の息が漏れる。洗う以外の目的で撫でまわしたくなる衝動を、強引に押し殺すのは至難の業だった。

――いけない。発想が痴女じゃない？　しっかりしなさい、私。

汗をかきつつ、煩悩を振り払いたくて真剣に手を動かす。無心に『仕事』に徹していれば、ふしだらな妄想を一時忘れられた。

「それよりも、話を戻させてください。噂話への感度は、得てして男性よりも女性の方が高いのですよ。コンラッド様は令嬢や奥様方のお茶会で、どんな会話がなされているか知らないでしょう？」

と言っても、付け焼刃の貴族令嬢に過ぎないアンナだって詳しくは知らないのだが。けれど潜入を許されれば、有益な情報を持ち帰る自信があった。

「その中に後ろ暗い者がいたら、アンナが危険ですよね？」

「安全地帯で眺めていても、欲しいものは手に入りませんよ」

危険を冒さねば入手できないこともある。彼の力になりたいが、勝手な真似をしたくないのも事実。アンナは懸命にコンラッドを説得した。

「危ないと感じたら、すぐにやめます。それに――コンラッド様は私に監視をつけていますよね？　いざとなれば助けてくださると信じています」

「――気づいていたのですか」

屋敷に居座った直後からアンナは何者かに見張られていたが、それは現在でも続いている。別に邪魔ではなかったので、放置していただけだ。

しかし彼はバレていたことが気まずかったのか、言葉を濁した。

「貴女への疑惑はもうありませんが、色々心配で……カールにも警護を兼ねて付けていますし」

「その点に関して怒っていないので、構いません。とにかく私がいきなり窮地に陥る事態はないということです」

茶会の最中に危害を加えられでもしない限りは、安全だ。外聞を気にする上流階級の女性らが、人前でそう易々《やすやす》と本性を現すとも思えなかった。

「試すだけでも価値があると思いませんか？　噂って大半が無責任で根も葉もない戯言《たわごと》ですけ

ど、そのうちの一部には真実が含まれていることがあります。そういったものほど、こちらも内部に食い込まなねば耳に入りません。うっかり口を滑らせることもありますよね」

そこは平民も貴族も変わらない。人間は基本的に他者と話すことが好きなのだ。

「それに疚《やま》しさに耐えるのは、大変です。誰しも秘密を抱え続けられるほど、強くありません。重い『何か』を誰かに打ち明けたくなるのが普通です」

「――……確かに。私もアンナに本音を吐露したことで、楽になった部分があります」

アンナの言葉に共感する部分があったのか、ついにコンラッドが頷いた。

「……アンナがそこまで考えてくださっているなら――頼ってもいいですか？」

「ええ、是非！」

やっとお許しが出た。完全なる勝利である。しかも『頼る』とまで言ってもらえたことが、殊の外嬉しかった。

「では早速、いただいている招待状に返事をしますね。参加する集まりは片っ端から――と言いたいところですが、件数が多いので相談させてください」

「分かりました。後ほど吟味しましょう。――それでこの件に関する話し合いは終了ですね？」

「はい。残りはご自分で洗いますよね？　私は先に失礼しま――ひゃぁッ？」

自分の役目は終わりだと思い、アンナは立ち上がりかけた。だが強引に腕を引かれる。あまりにも急なことに対処できず、そのまま体勢を崩し——あろうことか浴槽内に引き摺《ず》り込まれた。

「は……っ」

盛大に湯が溢れ、驚いて瞳を見開く。水没することはなかったものの、己の身に起きたことが理解できない。

裸のコンラッドの身体に跨《また》がり、下着姿の自分がびしょ濡れになっているのだ。

状況を把握できず、アンナは何度も目を瞬いた。

「え？　え？」

「結局貴女も入ってしまいましたね。濡れた布が張り付いては気持ちが悪いでしょう？　脱がしてあげます」

如何にも親切めかして言っているが、こうなった原因は彼にある。確実に全て分かってやっているに決まっていた。つまりアンナがどう抵抗しても、『一緒に入浴』へ持ち込むつもりだったのだろう。

自分が泳がされていた事実に気づき、途轍《とてつ》もなく悔しい。反射的に睨《にら》み付けると、何故か「可愛い」と褒められた。

「コンラッド様、約束が違います！」

「約束をした覚えはありません」

「そ、そりゃそうですけど……暗黙の了解というか、ありましたよね」

「身に覚えがありませんね。それよりこのまま湯からあがっては、風邪をひいてしまいますよ。じっくり温まってください」

のらくら言いながら、彼はアンナの下着を脱がしにかかってくる。水を吸った衣服は脱衣し難いはずなのに、手際がいい。それがまた腹立たしいのだが、アンナは諦めるしかなかった。

——どうせもうずぶ濡れだし……コンラッド様に勝てる気がしない。

争うよりも身を任せてしまった方が楽である。これまでのあれこれでそう学んでいたアンナは、彼の好きなようにさせた。

「怒った顔も愛らしい」

笑いながらコンラッドが、アンナの乱れた髪を撫でつけてくれた。素肌を晒すことにはいつまでも慣れないが、何物にも隔たれず触れ合うのは気持ちがいい。

濡れた肌をなぞられ、小鳥めいたキスを受ける。何度も繰り返すうちに、こちらからも口づけを求めていた。

「……怒ってはいません。少々呆《あき》れているだけです。コンラッド様があまりにも甘い台詞ばかりおっしゃるので」

台詞だけでなく、眼差しや行動まで全部が極甘だ。胸焼けせんばかりの糖度を毎日過剰摂取して、アンナは最近自分の感覚が麻痺《まひ》し始めているのを感じていた。

ってしまう。


恥ずかしいし、手本になる夫婦関係が身近にいなかったので、どう反応すればいいのか迷ってしまう。

根底には『どうせ一生は続かない、これは一時的な平穏』という気持ちもあった。そして、アンナは『結婚はそんなものだし、構わない』と基本的に冷めていたのだ。

——でも今は——

手に入れた幸福を逃したくない。たとえ嘘くさい睦言《むつごと》でも、毎日聞かせてほしいし甘やかしてもらいたい。自分の中にこれほど夢見る乙女が潜んでいたとは、驚きだった。

——依存はしたくないんだけどな。……ダウズウェル伯爵家にとってリドル子爵家は初めからたいして価値がない縁談相手。そんな中で私がリドル子爵の婚外子で、この結婚のために貴族令嬢に仕立て上げられた私生児だと知られたら——

ただでさえ価値が低い中、更に無価値なのだと露見すれば、コンラッドの自分へ向けられる目が変わってしまうかもしれない。

往々にして貴族とは血筋を重んじるものだ。押し付けられたも同然な花嫁が、生粋の令嬢ではないと分かれば、さぞや気分を害するだろう。

ひょっとしたら、アンナに騙《だま》されたと憤る可能性もある。

そのことが、アンナは何よりも恐ろしく感じた。

——以前なら、こんな気持ちにはならなかった。

最悪バレても、一度結婚さえしていればアンナは『伯爵夫人』の地位を得られる。後は野となれ山となれだ。仮面夫婦だろうが愛人を拵《こしら》えられようが、安定した生活は保障される。

彼にどう思われても、さほど痛痒《つうよう》は感じなかっただろう。平然と奥様面をして居座ったに違いない。

けれど、今は違う。

嫌われたくないし、掴んだ幸福を失いたくない。コンラッドがくれる溺愛にどっぷり浸かり、冷めていた結婚観を変えられてしまったから。

「妻に傅《かしず》くのは、夫として普通のことです」

「普通ではないと思いますが……」

「私にとっては、当たり前なんです」

向かい合って座り、頬擦りされる。互いに濡れている分、いつもとは感触が違った。

立ち昇る蒸気で温められ、体温が上がってゆく。それは興奮も伴っていて、息が乱れた。

「私の両親は、息子が傍にいてもお構いなしに仲睦《むつ》まじかったです。私も自分が伴侶を迎える時が来れば、そうしようとずっと心に決めていました」

吐息が絡む。交わしたキスは甘く深い。

頭がぼんやりしてくるのは、湯に温められているせいか、それとも彼に酔わされているのか。考えようとしてもクラクラして上手く思考が纏まらない。

一つだけ確かなのは、もっとくっついていたいという欲。

コンラッドの脚を跨《また》いで膝立ちになったアンナは、彼の背へ手を這《は》わせた。

「相手が私でいいのですか？」

「貴女以外、誰がいますか？　私は、アンナを選びました。もう他の女性は考えられません」

選ぶ余地などなかっただろうに、そんな風に言ってくれることに感激する。心を震わせずにいるのは無理だ。

張り巡らせていた予防線と鎧《よろい》が剥《は》がれてゆく幻影が見える。

残されたのは、アンナの奥深くにあった感情。母を亡くし独りぼっちになってからは、己を守るために隠さねばならなかったもの。

後生大事に抱えていても、生きるためには役立たないから敢《あ》えてしまい込んでいた。優先順位は低く、いっそ捨ててしまった方が『今よりマシな暮らし』を送れると思って。

弱くて脆《もろ》い、厄介な感情の名前は。

――私、コンラッド様が好きだ。

自覚した恋心が、一気に芽吹いて花開く。ずっと否定し、目を向けようともしなかった気持ちが、たちまちアンナの中で大輪の花を咲かせた。

これまでの反動もあり、逞《たくま》しく根を張って育つ。一度気づいてしまったら、二度と目を逸らすことはできない。男女間の愛情に懐疑的だったアンナは、彼によって打ち砕かれた。

「だからアンナ、貴女も私を選んでください」

真摯な瞳に魅入られる。懇願を乗せた眼差しは、あまりにも真剣だった。

——この人は、私に選ぶ権利をくれるの？

上流階級の婚姻は、親が決めるもの。特に女性本人の意見は反映される方が珍しい。父親が決定すれば、従うのが常識なのだ。

だがコンラッドはアンナ自身に『選んでくれ』と乞うている。

途轍もなく大きな愛情を向けられた気がして、アンナの涙腺が緩んだ。

「私は……とっくにコンラッド様を選んでいます。そりゃ初めは違ったかもしれませんが、今は貴方《あなた》以外の人なんて考えられません」

同じ言葉を返せば、彼が艶やかに微笑んだ。

「——誰かを特別に愛すると、こんな気持ちになるんですね」

「愛……？」

「はい。私はアンナを心から愛しています。貴女はまだそこまでの気持ちにはなれませんか？　だったらもっとこちらが努力しなくてはなりませんね」

コンラッドの双眸に、温かな色が滲んでいる。細められた瞳は柔和だ。そしてアンナに対する慈しみに溢れていた。

——コンラッド様が、私を？

突然の告白が信じられない。いや、これまでアンナが平穏に生きるため身につけた処世術が、逆に理解の邪魔をしていた。

必要以上に他人を頼らないこと。特に異性には心を許さないこと。愛だの恋だのを軸にして、物事を判断しないこと。

そういった戒めが、自身に向けられた好意を素直に受け取らせてくれない。

自分を邪な目的なしに好きだと言ってくれる人が現れた現実が、にわかには信じられなかった。けれど。

「わ、私も……っ、コンラッド様を愛しています」

つい先刻自覚したばかりの気持ちが溢《あふ》れ出す。

吐き出してもいいのだと思うと、胸の中に秘めてはおけなくなった。

「叶うなら、一生傍にいたいと願っています」

「そうしてくれないと、困ります。言ったでしょう？　私は一度懐に入れた相手をとことん大事にしたいのです。その中でもアンナは一番特別なので、今更出ていきたいと言われても、許可できません、万が一貴女に背を向けられたら――きっと今度こそ立ち直れなくなるでしょう」

一瞬翳《かげ》った眼差しは、出会ったばかりの彼を思い起こさせる。あの頃のコンラッドは鬱々とした空気を放ち、瞳は昏く濁っていた。

いつ完全に壊れてしまってもおかしくない危うさと刺々《とげとげ》しさがあり、誰も寄せ付けない冷ややかな空気に圧倒されたものだ。

今の優しく情熱的な彼からは、想像もできない。

どちらの方が望ましいかなど考えるまでもなく、アンナは辛そうだったコンラッドには絶対に戻ってほしくなかった。

「愛しています、アンナ。私の唯一の人として、これから先も共に生きてください」

「喜んで――私も、コンラッド様を誰よりお慕いしています」

万感の想《おも》いを込めて告白し、どちらからともなく口づけた。

抱き合い、密着した肌から心音が響いている。夢中で舌を絡ませ合い、互いの唾液を混ぜ合った。

「……はっ」

動く度に湯面が波立つ。合わせた唇からも水音がして、どちらからの音なのかは曖昧になった。

アンナの乳房が彼の胸板に押し潰され、柔らかく形を変える。既に頂は硬く尖《とが》り、僅かな摩擦が愉悦を生んだ。

「ん……っ」

コンラッドの腿《もも》がアンナの脚の付け根を押し上げてきて、敏感な場所が擦られる。

もどかしい刺激が心地よくて、物足りなさも膨らんだ。つい、アンナ自ら体勢を落とし、より感じる部分へ当たるよう動きたくなる。

上半身を押し付けながら緩やかに腰を前後し、積極的に舌もひらめかせた。

「は、ふ……」

いつになく貪欲に快楽を求めるのは、想いが通じ合った歓喜のせいだ。興奮状態が治まらず、大胆に振る舞いたくなる。求めても許されるという確信で、アンナは解放感に酔いしれた。

「好き、です……ぁ、あ」

「今までは一度も言ってくれなかったのに、今日は大盤振る舞いですね」

「そ、それはコンラッド様だって」

「私はかなり分かりやすく表現していたと思いますが——伝わっていませんでしたか？」

思い返してみれば、確かに彼の言動はどれも愛情が駄々《だだ》洩れだったかもしれない。アンナ側に受け取る準備が整っていなかったから、見えなかっただけ。

一つ一つ冷静に鑑みれば、明確に『愛している』と声にせずとも表現してくれていた。

「……ちゃんと言ってくれなくては、分かりません」

「肝に銘じておきます。すみませんでした」

照れ隠しに憎まれ口を叩けば、コンラッドはクスクス笑いながらアンナの胸元へ唇を寄せた。

また、甘やかされている。

彼は微塵《みじん》も悪くないのに謝ってくれ、まるで我が儘な幼子を宥《なだ》める手法に似ていた。昔からしっかり者と言われてきたアンナには、新鮮な対応が擽ったい。

ただし子どもに対する行為と違うのは、コンラッドの手がアンナの裸体を弄ってくる点だった。

腰の稜線《りょうせん》をなぞった手が、思わせ振りに下降してゆく。ゆっくりとした動きは、こちらを焦らしているのだろう。

尻の丸みを辿られる頃には、すっかりアンナの方が渇望を訴えていた。

肝心な場所はまだ触れられていないのに、秘唇の奥は既に疼きを訴えている。早く蜜襞を擦ってほしくて、あさましく希《こいねが》いそうだ。

それでもなけなしの理性が立ちはだかり、アンナに冷静であれと促す。だが小さな制止はすぐ打ち破られることとなった。

「あ、ぁ……っ」

乳房の先端に食いつかれて、背筋をのけ反らせる。だがいくら大きくても、浴槽の中では身を捩るのも限界があった。

しかもすぐに彼の腕で抱き寄せられ、重心が変わったことで媚肉にも刺激が伝わる。ビクッと戦慄《わなな》いた振動も加わって、アンナの両腿から力が抜けた。

「んん……っ」

「すっかり敏感になってしまいましたね」

「誰の、せいだと――」

「私だったら、小躍りしたいくらい嬉しいです。アンナの新しい魅力を引き出せたということですよね。でも、貴女がもし他の男の前で同じ顔を見せていたら――相当荒れてしまうでしょうね」

絡みついてくる腕の力は、『荒れる』程度では済まないことを知らしめてくる。めちゃくちゃにされそうな予感に、怖気《おぞけ》よりも喜悦を覚えるアンナは、おかしくなっているのかもしれない。

毒され、浸食され――変えられている。

――それでもいい。

コンラッドの影響を受けている自分を丸ごと許容できる自分に、アンナは驚いた。

今までの価値観を根底から覆され、怖気づいていても立ち止まりたくない。全て投げ出すつもりで、誘惑の意図を込め彼の背筋を撫《な》で下ろした。

「早く……コンラッド様をください」

精一杯いやらしく誘えば、効果は絶大だった。

湯の中で既に硬くなり始めていた楔《くさび》が、更に雄々しく勃ち上がる。アンナ自身もとっくに準備は整っていた。

爛《ただ》れた肉壁が、彼のものを欲してやまない。硬いもので突いてほしくて、先ほどから涎《よだれ》を垂らしている。ここが湯船でなかったら、濡れそぼっているのが丸分かりだったに決まっていた。

「そんな卑猥な台詞を吐けるようになったのですね」

「全部、コンラッド様に教えられたことです」

ゴクリと喉を鳴らした彼が淫蕩《いんとう》に目を細める。色気のある表情にアンナも煽られた。

「自分で挿れられますか？」

試すように問われて、アンナの負けず嫌いが顔を覗《のぞ》かせた。大きく頷き、コンラッドの下肢へ視線をやる。

いつも以上に凶悪な大きさに感じられるのは、湯で屈折して見えているからなのか。

分からないけれど、負けたくない一心でアンナは位置を調整しようとした。

「貴女の中に水が入ったら大変です。焦らないで、ちょっと待ってくださいね」

だが軽くいなされ、それどころかこちらの方がガッついているかのような言い方をされて、不本意なことこの上ない。

けれど浴槽から立ち上がった彼が縁に腰掛け両手を広げるので、文句は喉奥に消えた。

コンラッドの胸に飛び込みたい願望に抗えない。蓄積してゆくもどかしさを、解消できるのは彼だけ。

繋がりたい欲求に背中を押され、アンナはコンラッドと向き合って彼の太腿を跨いだ。

慎重に蜜口へ昂《たか》ぶりの先端を宛《あて》がう。

ゆっくり身体を落してゆけば、秘裂を肉槍が割り拓《ひら》いた。

「ん……ッ」

まだ極浅く含んだのみ。それなのに絶大な快感を得る。頭の中が愉悦で埋まり、アンナの脚が大きく震えた。

「もっと頑張らないと、全部入りませんよ？」

「わ、分かっています」

意地悪く急《せ》かされ、強がる。さも平気な振りをして、アンナは呼吸を整えた。しかし実際には、これ以上自ら動く決意をなかなか固められない。少しでも彼を深く迎え入れると、呆気《あっけ》なく達してしまいそうだ。

時間稼ぎをするつもりで、深呼吸を繰り返した。

——今でも充分気持ちよくて、変になりそう。

コンラッドはじっと動かず、こちらの動向を窺《うかが》っている。余裕綽々《よゆうしゃくしゃく》の顔への反発心で、アンナは渾身《こんしん》の力を振り絞ろうと足掻《あが》いた。だが。

「——残念。時間切れです」

「え……きゃ……ぁ、ああッ」

突然立ち上がった彼に抱えられ、アンナの脚が宙に浮いた。それどころか体全体が浮遊感に慄《おのの》く。

支えてくれているのは、コンラッドの腕。それと繋がった局部だった。

「や、ぁあッ」

全体重が一点にかかる。浅瀬をさまよっていた剛直の切っ先が一気に最奥へ突き刺さった。

脳天を貫く勢いで串刺しにされ、暫《しば》し声も出せずに全身をヒクつかせる。

アンナが痙攣《けいれん》する間も、彼は悪辣に身体を揺すってきた。

「う、動かないで……ひぁっ」

「動かないと、ずっとこのまま繋がっていなくてはなりませんよ。私はそれでも構いませんが、本当にいいんですか?」

答えなんて決まっている。いいわけがない。

勿論コンラッドがそれを分かっていないはずがなく、揶揄《からか》われているのは重々承知だ。

さりとて追い詰められたアンナには考える余裕もなく、夢中で髪を振り乱した。

「だ、駄目っ、動いて……っ」

「もっと私に甘えてください」

「やぁあっ」

上下に揺らされて、光が爆《は》ぜた。一突き毎に理性が突き崩される。体内を掻き回され、淫窟を摩擦されると、自然に嬌声が押し出された。

落とされるのが怖くて彼にしがみつき、密着の度合いが増す。

重い突き上げで、壊れてしまいそう。涙が溢れ、視界が滲む。だらしなく喘《あえ》ぐだけになった口の端からは、唾液が溢れた。

おそらくアンナの顔はひどいことになっている。汗と涙は垂れ流し、だらしない表情は見られたものではないに決まっていた。けれどコンラッドに抱きつくことに精一杯で、拭う余力などあるはずがない。

結果何もかも放り出して、共に揺れることしかできなかった。

「んぁっ、ぁ、あんッ」

楔が突き刺さり、アンナの弱い場所を容赦なく抉《えぐ》る。自重で深々と貫かれ、気を抜く暇は欠《かけ》片《ら》もない。最早ずっと激しい嵐に揉みくちゃにされていた。

「あっ、も、駄目……下ろして……ぁ、ああッ」

喋ると舌を噛みそうで、ろくに言葉を紡げない。それ以前に何か発そうとすると、全て艶声に呑み込まれた。

喉はすっかり役立たずで、喘ぎをこぼすのみ。幾度も法悦の波に溺れ、アンナは息を継ぐことも難しくなる。

逸楽を逃したくても叶わず、彼にされるがまま穿《うが》たれ続けた。

「ひぃ……っ、ァ、あッ、んぁああッ」

「アンナ……っ」

名を呼ばれ、苦しいくらいの力強さで抱き締められる。ただでさえピッタリ肌を重ねているのに、まるで一つの塊になったよう。

体温も心音も同じになって、一体感に陶然とした。

「んぅ……ぁ、んんッ」

蜜窟に突き刺さった肉杭がアンナのいいところを摺《す》り上げ、膣壁が収縮した。コンラッドの昂ぶりを締め付けて、子種を得ようと蠢く。

その生々しい本能はアンナの快楽とも直結しており、飽和するのは一瞬だった。

「ぁ……あぁあああッ」

浴室内に己の淫らな声が反響する恥ずかしさも忘れ、思い切りアンナは鳴いた。

全身が強張り、体内も引き絞られる。隘路《あいろ》で抱き締めた肉槍は、一際張《みなぎ》りアンナの中で吐精した。

「……っく……」

柔肌に指が食い込む勢いで尻を掴まれ、微塵も腰が引けない。一滴残らず受け取れと言われている気分になる。

きっとそれが思い違いでない証《あかし》に、彼は欲望を解放しつつも腰を押し付けてきた。

「は……っ」

言葉より雄弁に『逃がさない』と告げられている。アンナを孕《はら》ませようとしているのが感じられ、嬉しいと感じる自分に苦笑せずにはいられなかった。

「……ぁ、あ……」

「一度では、治まりません。もう一度、いいですか？」

体内の昂ぶりは力強さを保ったまま。虚脱したアンナは返事の代わりにコンラッドの背中へ軽く爪を立てた。

夫婦の濃密な時間が過ぎてゆく。

二人の呼吸が平素のものへ戻り、大はしゃぎした浴室内の床がひどいことになっているのに頭を抱えるまで――アンナとコンラッドは抱き合って幸せを噛み締めた。

ただ一つ、気掛かりを残して。

アンナは母を恥ずかしいと思ったことは一度もないが、自分の生まれについて彼が知る日が来なければいいと、願わずにはいられなかった。

5　過去との決着

完璧に整えられた庭園で、非の打ち所がなく飾り付けられた四阿《あずまや》には、手が込んだ菓子と異国から特別に取り寄せられた茶が並んでいる。

あまり大規模の集まりではないため、椅子は丁度十脚用意されていた。

てっきり末席に案内されると思っていたのに、アンナの名前が書かれたカードは主催者の正面、一番いい席に置かれている。そのカード自体、それぞれ違う生花が添えられた特別仕様。

これぞまさに茶会のお手本とも呼ぶべき煌《きら》びやかさで、アンナはやや気後れしていた。

リドル子爵家で礼儀や作法は徹底的に叩きこまれたけれど、実践と言えば継母との地獄の茶会のみ。楽しくもない会話と冷ややかな監視の目で、辟易《へきえき》した思い出しかないのだ。

しかし本日はにこやかな女性たちに迎え入れられ、内心肩透かしを食らった気分でもあった。

主催者のボルダー侯爵夫人は流行に敏感で、王妃の友人でもあり、常に社交界の中心人物である。

人脈が広く、あらゆる話題が彼女に集まると言っても過言ではない。

その取り巻きも皆、貴族社会で絶大な力を持つ家の奥方で占められていた。故にアンナは、相当な覚悟をもって今日の茶会に挑んだのだが。

——淑女のお茶会って、言葉の裏を読んで笑顔で殴り合う戦場ではなかったのね。てっきり命がけで挑まねばならない試練同然だと思っていた。

アンナの知っている茶会は、全く心躍る催しではなかったからだ。

——嫌味《いやみ》と嘲笑の応酬だったリドル子爵家のあれは、いったい何だったのかしら……本当に根性の腐った人たちだったのね。私にお茶会のイロハを教えるという名目で、嫌がらせをしていただけだったんだわ。

離れて久しいのに、心象を悪化させてくるとは、流石である。全く褒めてはいないが、むしろ感心してしまった。

そんな実家だが、アンナの結婚当初はほぼ毎日手紙を寄越してきたものの、ここ数日はパッタリ途絶えているのが、やや不気味だ。

もっとも手紙の内容は『金を送れ』を円《まろ》やかに表現したものなので、読む価値は全くない。アンナも当初から封も切らず火にくべて、ろくに目を通していなかった。

——だけどいきなり手紙が来なくなると、それはそれで不安になるわ。あの業突く張り共が簡単に諦めるとは思えないもの。嵐の前の静けさみたいな、嫌な予感が拭えない。

しかし今はリドル子爵家のことはどうでもいい。アンナは強引に意識を切り替えた。

「噂のダウズウェル伯爵夫人がいらしてくださり、嬉しいわ。ずっとお話してみたいと思っていましたの」

朗らかに笑うボルダー夫人からは、裏の意図が感じられない。あまり裏表のない人らしく、キラキラした瞳は好奇心に満ちていた。

——事前情報では、とにかく恋愛話が大好きで面倒見のいい優しい方だと聞いたけど——

だからこそコンラッドのお許しが出たのだ。

アンナ宛てに届いた招待状に隈なく目を通した彼が許可したのは、このボルダー夫人からのお誘いだけだった。

もっとも、一番情報通なのも彼女なので、妥当な選択と言えるのかもしれない。

どちらにしても『他は却下』と宣言されてしまっては、アンナに選ぶ余地はなかった。

「お招きいただき、ありがとうございます。長らく療養していたもので社交に疎くなってしまい、ボルダー夫人に声をかけていただいて大変助かりました」

「もうお身体は大丈夫なの？」

「はい。すっかり健康になりました。これも夫が私を気にかけ大事にしてくれるからだと思います」

生まれてこのかた風邪すらほとんどひいたことがない超が付くほどの健康優良児であるアンナは、嘘《うそ》を吐く罪悪感を無理やり無視した。

何としても、今日有益な話を仕入れたい。それができなくても、最低限ボルダー夫人とは懇意になっておきたかった。気に入られれば、次の集まりにも呼んでもらえ人脈が広がる。

そのために、彼女が食いつきそうな話題を提供したのだ。

――分かっているわ。ここにいらっしゃる全員、コンラッド様の話を聞きたいのよね。

かつて絶世の美男子と持《も》て囃《はや》され、両親の不幸な事故でおかしくなってしまったと言われていた悲運の貴公子。そんな彼が突然、貧乏貴族の娘――それも存在を知られていなかったアンナと結婚したのである。

娯楽に飢えている淑女にしてみれば、『いったい何があったの？』『どこで知り合ったの？』と興味津々にならないわけがなかった。

――しかもこれまで全く夜会にも出席しなかった私がお茶会に参加したのだもの。根掘り葉掘り聞き出したくて、当然よ。

こちらからコンラッドの名を出せば、乗ってこないはずがない。

アンナの目論見はまんまと成功し、ボルダー夫人は向かいの席から身を乗り出してきた。

「あらあら、仲睦まじくていらっしゃるのね？」

「はい。あまりにも大切にしてくださるので、夢を見ているのではないかと不安になるほどです」

「まぁ、素敵。それじゃ、例の噂は事実ではないということね。結婚式でもそんな素振りはありませんでしたもの」

やや言い難そうにボルダー夫人が口にした『例の噂』は、彼の心の病の件だろう。面と向かって聞くのは憚られるが、その場の全員が耳をそばだてた気配がした。

——絶妙な合いの手をありがとうございます、ボルダー夫人。

「誰しも、家族を喪《うしな》えば気鬱《きうつ》になります。夫は愛情深い方なので、心を落ち着けるのに時間が必要だっただけですわ。近頃は一緒に外出もしますし、家の中では笑いが絶えません」

「ええ、そうよね。よく分かるわ。私も母を亡くした時は、この世の終わりの気分になったもの」

感慨深く頷くボルダー夫人に合わせ、他の女性らも『私もよ』と同情を示してくれた。

これはいい流れだ。アンナはここぞとばかりに健気な新妻を装って、眉尻を下げた。

人の口を軽くさせるには、共感と憐《あわ》れみが有効だ。切ない表情を演出し、アンナは秘《ひそ》かに唇を舐めた。

——すこし攻めてみよう。

「私はずっと王都にいなかったので、詳しい事情は分かりませんが——先代伯爵夫妻が不幸な事故に遭われたことに心を痛めています。まして息子である夫は如何ばかりの心痛でしょう。あれは事故ではないと信じたくなる気持ちも分かります」

刹那、空気がピリッと凍り付く。ボルダー夫人も固まっていた。

──しまった。性急に踏み込み過ぎた？

もう少し時間をかけて、慎重に話を振るべきだったか。しかし不自然ではなく話題を誘導できたはずだ。

ここは一旦引いた方がいいか、アンナが迷っていると。

「……コンラッド様が疑念を持つのは仕方ないことよね。捜査はされても、妙に早く事故の結論が発表されたのだもの」

笑顔を消したボルダー夫人がポツリと呟く。聞けば、彼女は先代伯爵夫人と懇意だったらしい。

「でも、これといって不審な点はなかったと耳にしましたわ」

別の夫人が控えめに口を挟む。すると口々に様々な意見が飛び出した。

「私は事故という確証もないと聞きましたわ」

「どこかから捜査の継続をやめるよう圧力がかかったという話も」

「あのご夫婦は誰かから恨まれるような方々ではありませんでした。不幸な巡り合わせ以外、何がありますの？」

一気に賑やかになった場で、それぞれの『私見』が飛び交った。その中でアンナは耳を澄ませて人々を観察する。

今日集まっている女性らの中に犯人に繋がる人物がいるとは思っていないが、本人も気づいていない重要な情報を握っている可能性は捨てきれないからだ。もしくは——知らぬうちに利用されていることも。

「確かに、ご夫妻を悪く言う方はいませんでしたわ。でもそれは——親族以外で、ですよね？」

思わせ振りな物言いに、アンナは二席向こうの女性を見つめた。

彼女は確か挙式にも参列してくれ、コンラッドとも親しげに挨拶していたはずだ。

「あの、私はまだダウズウェル伯爵家の親族の方々とさほど親しい付き合いがないので分からないのですが、仲があまりよくないのでしょうか？」

「悪いと言うほどでもないでしょうけど……」

彼女は言い辛《づら》そうに扇を弄る。だがお喋り欲に負けたのか、口を開いてくれた。

「ダウズウェル伯爵家には個性的な方が多いのよね。特に先代のごきょうだいは——ね？」

言いながら周囲に同意を求める視線を送る。その眼差しを受けた者の反応は、苦笑が大半だった。

「アンナ様だって結婚式でお会いになられたでしょう？　私、見ていましたわ。ベリンダ嬢に難癖をつけられていたところを」

「ベリンダ……あ」

完全に忘れていたが、アンナを『引き立て役』だと罵ってきた若い女性がいた。確かコンラッドの従妹《いとこ》にあたる人物だ。

祝いの場であれだけ悪辣な嫌味を繰り出せるのは、確かにある意味個性的である。だがリドル子爵家で暴言に慣れていたアンナにしてみれば、大した問題ではないので気にしていなかった。

「ベリンダ嬢の母親のミズリー様を含め、ダウズウェル伯爵家は気の強い方が多いのよね。よく言えば上昇志向が強いとも言えますけど――どうにも好戦的で」

「先代が爵位を継いだ時にも、色々後継者問題で揺れていましたわね。コンラッド様の祖父君は実力主義者で、長子相続に拘《こだわ》らない方でしたから――次男が指名され、長男は荒れに荒れたと当時話題になりましたわ」

「私も覚えています。流血沙汰の大騒ぎでした。今も当主になるのを諦めていないとか」

「コンラッド様へ娘を嫁がせ、実権を握ろうとしているのは一人や二人ではございませんよね。使用人を買収してコンラッド様の寝室へ忍び込ませたなんて話も」

つまりお家騒動が勃発したということか。しかも未《いま》だに鎮火されたとは言えない。

虎視《こし》眈々《たんたん》とダウズウェル伯爵家の家督を狙う人間が大勢いると匂わされ、アンナは身震いした。

「嫌な話を聞かせてごめんなさいね、アンナ様。そういう経緯があったから、事故の際に色々な噂があったのよ」

すしね」

「ベリンダ嬢とミズリー様に関しては、事故以前からお付き合いを控えている方が多かったで

「そうなのですか？」

アンナが瞬けば、遠くの席に座った女性が嘆息した。

「このようなことお耳に入れるのは心苦しいのですけど……先代伯爵夫妻が亡くなる直前にミズリー様が『いつも偉そうで頭にくる』『死ねばいいのに』などと口にしていましたのよ。他にも色々あって、私もお付き合いはご遠慮していました」

「あら、貴女は最後まで交流を持っていらしたじゃない」

「夫同士が事業で付き合いがあるので、無下にはできなかっただけよ。質の悪い冗談だと思っていたし――でも流石にもう限界だと感じて、この数年は極力関わっていないわ。だって先代夫妻の死を嘲笑《あざわら》っていたのだもの。人として許せないでしょう」

亡くなった先代のダウズウェル伯爵は叔母にとって実兄である。それなのに死を悼むことなく嗤《わら》っていたと告げられ、アンナはゾッとした。

「ええっ、本当？　そこまでひどい方だとは知らなかったわ。傍若無人なところは母娘共あったけれど……」

「相手を選んで発言していたもの。私は格下だと見做されていたから、本音を漏らしても問題ないと思ったんじゃないかしら？　こちらとしても言い触らす内容ではないので、今初めて口

にしたわ」

叔母の素行の悪さは有名だったようだが、一番交流を持っていた女性の言葉を聞き、他の参加者は唖然《あぜん》としていた。

よもやそこまでの所業だったとは想像もしていなかったらしい。

「ベリンダ嬢は方々で『私がコンラッド様の婚約者だ』と公言して憚らなかったわね。陰では他の令嬢たちを虐《いじ》めていたのは有名な話よ」

「私の知っている娘さんは、ベリンダ嬢の取り巻きの男に危うく傷物にされるところだったのよ。幸い未遂で助け出されたからよかったものの、彼女がけしかけたと思っているわ」

「私も聞いたことがあるわ。でも証拠がないから追及できないって」

「あの子、顔が綺麗だから殿方には人気があるでしょう? 何かあっても庇う方が必ずいるのよね。——あら、いけない。これは私の偏見かしら?」

——呆れた。母娘纏めてリドル子爵夫人顔負けの性格の悪さだわ。なるほど。

ここにいる女性らは皆お喋り好きだが、悪意のある作り話を吹聴《ふいちょう》するようには見えない。どちらかといえば、『言ってはいけないこと』をきちんと判別できる人々に思えた。

——だとすると、先代夫妻の死の前後に関する叔母の具体的な言動は、コンラッド様の耳に入っていない可能性もある?

正直なところ、男性と女性では見えている世界が違う。

今日交わされた内容は、コンラッドの与《あず》り知らぬものであることも考えられた。

「それにね、ここだけの話にしておいてほしいのだけど、ミズリー様が『間もなく大金が手に入る』『ざまぁみろ』とまで言っていたから、私すっかり怖くなってしまったの」

「ええ？　そんなことまで言っていたの？」

「この際だから話すわね。『私を軽んじた報いだ』って高笑いしていたわ」

――第一容疑者だと思うのは、先走り過ぎかしら。

単純に根性が捻《ね》じ曲がって悪態を吐いただけかもしれない。しかし万が一ということもある。

アンナは心の中で『要確認』の印を付けた。

「良くも悪くもダウズウェル伯爵家の方々は全員整った顔立ちだから、男女関係の縺《もつ》れも多いのよね」

「男女問わず、派手に遊んでいるとはよく聞くわ。それで相手方の伴侶に多額の賠償金を請求され、困窮している方もいるって。一途《いちず》だったのは先代伯爵様とコンラッド様だけじゃないの？」

「奥様、流石にそれは言い過ぎだわ」

「あらいけない。あくまでも噂よ。根拠のない話をごめんなさいね」

その後も聞こえてくるのは、ダウズウェル伯爵家の厄介な親族の話ばかり。それでもコンラッドが『精神の均衡を崩した』と言われつつ堅実に領地と家門を守ってきたので、昔よりは大人しくなっているというから驚きだ。

彼が爵位を継いだ当初は、現在とは比べ物にならないほど騒がしかったらしい。

それこそ連日、『我こそが後継者に相応《ふさわ》しい』『うちの娘と結婚すれば後ろ盾になってやる』と押しかける縁者が後を絶たなかったとか。

その中の筆頭が、伯父と叔母とのことだった。

――伯父上ってたぶん、結婚式で私に『胸も尻もたいしたことない女』と言ってきた方よね。ああ、あの一瞬の邂逅《かいこう》だけでどういう人物かよく分かるわ。

今後も付き合う必要はないなと断じる。極力接点を持たない方がよさそうだった。

――でもロバート様以外の親戚には、あれ以来誰一人会っていないわ。ひょっとしたらコンラッド様が遠ざけてくださったのかしら？

アンナに対し過保護過ぎる彼なら、充分考えられる。今日の外出だって、屋敷を出るギリギリまで渋っていたくらいだ。

自分に対する愛情をヒシヒシと感じられるのは嬉しい。だが限度は知ってほしいと思う。

贅沢《ぜいたく》な悩みを抱え、アンナは盛り上がる話に耳を傾けた。話題はもうダウズウェル伯爵家に関することから流行りの演劇に移っていて、穏やかな気分で聞いていられる。そんな中、ボルダー夫人がアンナに目配せしてきた。

「……？」

不思議に思いつつ、身を乗り出す。すると彼女はこちらにだけ聞こえる声量で囁いた。

「先代伯爵夫妻の事故について、何も関《かか》わりはないかもしれないけれど、貴女にだけ話しておくわ。これは本当に秘密にしてくれる？　マリー……私の友人でありコンラッド様の母親だった彼女の名誉に関わることだから」

あからさまに驚いた顔をするのは躊躇《ためら》われ、アンナは小さく頷いた。するとボルダー夫人が扇でさりげなく他者の視線を遮る。

お喋りに夢中の婦人らは、誰もこちらに注意を向けていなかった。

「……マリーは生前、とある男性に言い寄られていると私にだけ打ち明けてくれたわ。それが誰なのか、名前は教えてくれなかったけれど……いくら断っても強引に迫られ困っているって。その上強く拒否したら『自分が死ぬか、いっそ貴女を殺したい』と言われて、心底恐ろしかったと涙ぐんでいたわ」

「え……っ？」

想定外の話に、アンナは口元が引き攣った。

「ダウズウェル伯爵様にも話せないと言っていたから、もしかしたら相手は地位の高い男だったのかもしれない。私には何もできず、歯痒《はがゆ》かったわ。ただしばらくしたら付き纏われなくなったとマリーが言っていたの。どうやら諦めてくれたみたいだって。それで私も安心していたのに、その数か月後事故が起きたのよ」

驚きで固まるアンナに、ボルダー夫人は「事故の原因と関わりはないかもしれない」と再度念押ししてきた。

アンナにも判断はできない。事実を知っている者は、最早この世にいないのだから。

「こんな話、コンラッド様にはできないわ。一つ間違えれば、マリーが過ちを犯したと勘違いされかねないもの。だから私の胸に留《とど》めておいたの。でも——アンナ様には伝えておいた方がいい気がして」

「あ、ありがとうございます」

礼を言うのもおかしいが、他に返事のしようがなかった。

頭の芯がズキズキする。かなり重要な話を聞いた気もするが、もし無関係なら軽々しく口にはできない。コンラッドに話すべきかどうか、悩まずにはいられなかった。

——お義母様に別の男性の影があったなんて、知りたくないわよね。

たとえそれが一方的な好意を寄せられていたのだとしても、いい気分はしないに決まっている。ましてこれまでの言動で、コンラッドは両親が仲睦まじかったことに誇りを持っているのが感じられた。

——関係があると確証を得られるまで、秘密にした方がいい？　だいたい先代伯爵夫妻の事故が意図的なものなら、その目的はお家騒動の可能性が高い。

そんなことを思案しながら、アンナは初めての茶会を終えた。

「――ということで、有力な情報は得られませんでしたが、次回へ繋げることはできました」

茶会から戻るなり、アンナはコンラッドのいる執務室へ直行した。

夕食の時間まで待って話してもよかったのだが、どうしても早く今日の成果を報告したかったのだ。

今度は別の奥方から読書会への誘いの声がかかっている。この調子でいけば、アンナの人脈は着々と広がるだろう。

やがては金の鉱脈を掘り当てるのも夢ではない。そう思い、アンナは意気揚々とコンラッドへ本日の諸々《もろもろ》を告げた。

ただし、彼の母親に関する件は、意図的に省いている。

まだ口にするのは早計であると思えたためだ。

――無関係なら、余計な波風を立てるだけよ。付き纏いが治まっていたなら、相手は諦めていた可能性が高いし――せっかく元気を取り戻したコンラッド様をあまり悩ませたくない。

「ありがとうございます」

だが礼を言いつつも彼の顔色は優れない。やはりアンナの働きが期待に遠く及ばなかったからかと、内心焦った。

「次はもっと頑張りますね」

「頑張らなくていいです。前にも言いましたが、アンナに危険な真似をしてほしくはありません。そもそもお茶会とは戦場ではありませんよ」

「その点は私の認識違いでしたが――」

鼻息荒くやる気満々で乗り込んだのを見透かされ、少し恥ずかしい。だが自分はコンラッドの力になりたい一心だったのだ。

「……迷惑でしたか？」

「とんでもない。叔母とベリンダが厄介なのは分かっていても、まさかそこまで悪評轟《とどろ》く鼻つまみ者だとは知りませんでした。アンナだから、聞きだせた内容だと思っています」

優しく抱き寄せられて、額にキスされる。

コンラッドの執務室という普段は脚を踏み入れない場所で触れ合うことに、気恥ずかしさを覚えた。ほんのりと背徳感もある。寝室とは別物の空間で甘い空気を醸し出されると、余計に心臓が暴れるから不思議だ。

「それに、こうして会いに来てくれたことが嬉しいです」

「あっ、お仕事中にすみません」

「貴女ならいつでも大歓迎です」

抱擁が温かく、蕩けそうになる。頬が緩むのを止められなかった。

「邪魔をしては申し訳ないので、もう出て行きますね」

「ずっと傍にいてもいいですよ。アンナが邪魔なわけがない」

そんな風に言われたら、立ち去り難い。しかし気持ちを戒めて、アンナは首を横に振った。

「いいえ、メリハリのある生活が大事です。私のせいでコンラッド様が堕落したと思われては大変です」

「アンナに堕落させられるなら、喜んで受け入れますよ」

妖しい雰囲気になりそうな台詞を吐かれ、頬が赤らむ。もしコンラッドの従僕が声をかけてこなかったら、理性がもたなかったかもしれなかった。

「──あの、申し訳ありません、旦那様。ロバート様がいらしています」

「叔父上が?」

密着していた身体をパッと離し、アンナは意味もなく髪を撫でつけながら息を整えた。

危なかった。あともう少し声をかけられるのが遅かったら、口づけを求めていた気がする。

以前は毅然としていられたのに、最近は彼の傍にいるとすぐフワフワとした気分になってしまう。

油断すると卑猥な妄想まで膨らんで、浮かれているとしか思えなかった。

「──失礼するよ、コンラッド」

入室してきた叔父は、動きやすい旅装だった。荷物は既に纏めてあるのか、手に大きな鞄《かばん》を持っている。

　何も聞いていなかったアンナは驚いて瞠目《どうもく》した。隣ではコンラッドも同じ反応をしている。どうやら彼も何も知らなかったらしい。

「叔父上、どこかへ行かれるのですか？」

「そろそろ自分の家に帰るよ。久しぶりに楽しくて、すっかり長居してしまった」

「そんな……好きなだけ滞在してくださって構いません。ここは叔父上の生まれ育った家ではありませんか」

「今は君の家だ。僕はやっぱり田舎町でのんびり絵を描いている方が性に合う。だけどここでの生活はとても刺激的で面白かったよ」

　今朝の食事の場では『帰る』と言っていなかったが、急に気が変わったとロバートは告げた。社交シーズンが本格化し、王都が賑わう前に静かな暮らしへ戻りたくなったそうだ。

「寂しくなります。カールも残念がるでしょう」

「カールに泣かれると辛いから、あの子には直接別れを告げず手紙を残してきた。また遊びに来るよ。君たちがあちらに来てくれてもいい」

「私もお伺いしていいのですか？」

「当たり前じゃないか。アンナはコンラッドの妻。僕の姪《めい》同然だ」

　にこやかに頷かれ、胸が温かくなる。別れは辛いが、再会を約束した。

「急に決めて、すまないね。でも目的は果たせたし、きっとまたすぐに会えるさ」

笑顔で手を振った叔父が馬車に乗るのを見届ける。慌ただしい出立は、別れを惜しむ間があまりない。

実感が湧かないまま、アンナは馬車が見えなくなるまでその場に立ち尽くしていた。

「……急に行ってしまうなんて——もっと色々なお話を聞かせていただきたかったのに」

「私もあまりに突然な話で驚きました。だけど仕方ありません。叔父上は騒がしいのがお好きではないのです。社交シーズンが本格化すれば、嫌でも王都は賑わう。それが煩わしかったのでしょう。今日、アンナがボルダー夫人のお茶会に参加したと聞いて、これから始まる騒がしさを思い出したようです」

コンラッドが寂しげに呟くので、アンナは彼の手をそっと握った。きっと胸に空いた穴の大きさは、コンラッドの方が深刻だ。

彼の感じている孤独を少しでも癒《いや》したくて、アンナはコンラッドに寄り添った。

「カールが知ったら、泣いてしまうかもしれません」

「そうなったら、今夜は三人でできるだけ楽しく過ごしましょう」

「いいですね。特別に夜更かしして、遅くまでお喋りしましょうか」

笑い合い、侘《わび》しさを埋める。自然と重ねた手が温かかった。

「今日も遅くまでお仕事ですか？」

「これから一件大事な報告が届くことになっていますが――新妻を待たせないようできるだけ早く終わらせます」

「待っています」

額に甘く口づけされ、むず痒い。

アンナは茶会で耳にしたダウズウェル伯爵家親族の横暴さを思い出し、ロバートの存在がコンラッドにとってどれほど救いになっていたのかに思いを馳《は》せた。

――心細いに決まっている。そんな時にお義母様が生前男に付き纏われていたなんて、聞きたくないわよね。まして死の疑惑に関わる可能性が低いなら、尚更――

自分の心の中に留めておくのが得策だ。

ボルダー夫人が『秘密にしてくれ』と言ったのを免罪符に、アンナは口を噤《つぐ》んだ。

ただ、上手く言葉にできない何かが胸に引っ掛かっている。自分が何かを見落としているような――そんな不安が消えなかった。

――何故こんな気分になるんだろう……もう一度じっくり考えた方がいいかもしれない。

人は得てして『見たいもの』しか目に入らない。主観を極力排し客観視を心掛け、アンナはもっとコンラッドの助けになりたいと願った。

◇◇◇◇◇

父母の死は、コンラッドの人生を大きく揺らがせた。

後継者として育てられ、自分がいずれはダウズウェル伯爵家を支えてゆく覚悟は固めていた。だがそれはまだ先の話だと悠長に構えていたのだろう。

いざ全てを背負わねばならないと突き付けられた時には、情けないけれど脚が竦んだ。

父が守ってきたもの。母が慈しんだもの。弟のカール。

領民と使用人らを路頭に迷わせるわけにはいかない。己の選択一つで全てが壊れかねないのだと思うと、あまりの重圧に押し潰されそうになった。

正直、心が負った痛手を紛らわすために両親の死を事故ではなく殺されたのだと考えたのは否定できない。

誰か犯人がいると信じることで、砕けてしまいそうだった精神をどうにか繋《つな》ぎ止めた。

――けれど、あながち間違いではなかったらしい。

おかげで、善人の仮面を被りダウズウェル伯爵に集ろうとする輩《やから》から、必要以上に搾取される事態は免れた。弱った心に付け入れられ誰かに頼っていれば、コンラッドは全てを失っていた可能性も否定できない。

――金や権力は容易に人を狂わせる。性善説を信じ、無防備に食い尽くされなかったのは、運がよかっただけだ。

茶会から戻ったアンナが女性たちの間で囁かれる噂を教えてくれた。実はそれらの大まかなところは既に耳に入っていることばかりだ。

だが、コンラッドが聞いていた内容よりも、よほど強烈だった。伝聞ではなく、当事者の証言も混じっていたからだろう。

自分だけでは聞き出せなかったと思われる真実は、お世辞にも知って楽しいものではない。しかし間違いなく重要なものだ。

コンラッドが立てていた仮説を補強してくれるものでもあった。

今、コンラッドの目の前には三人の容疑者が並んでいる。いや正確には、犯人に繋がる手掛かりが置かれていた。

家族を亡くし打ちひしがれていたコンラッドが無事結婚できるまでに立ち直り、更に伴侶のアンナが邸内の空気を変えただけでなく、人脈を広げることに恐れを抱いたのか。

付け入る隙がなくなったことで、『その人物』は動き出したらしい。

放っておけば自滅すると踏んでいたコンラッドに、復活されては困るのだろう。自身の影響力が衰えることを警戒しているのかもしれない。

――あちらは使用人の中に間者を潜ませて情報を得ていたようだが、それはこちらも同じだ。

もうコンラッドは、やられっ放しで搾取される世間知らずではない。共に戦ってくれるアンナもいる。

不遇な我が身を嘆く前に、守らねばならないものがこの手にあった。

「……大事なものは、二度と奪わせない」

今まで決して証拠を残さなかった『犯人』は、随分焦っているのか迂闊《うかつ》な真似をした。

これが罠《わな》でないとは言い切れないものの、ようやく掴んだ尻尾だ。絶対に離すまいと心に誓う。『血縁者だから』と期待を捨てきれず、大目に見ていた甘さを捨てる決意を固めた。

そうでなくては、守れない。

落ち込んだり悲しんだりするのは後でいくらでも浸ればいい。優先順位を付けて、行動すべき時がきたのだと思った。

――情に流され、二度と判断を誤らない。

一度強く目を閉じ、深呼吸する。

瞼を押し上げた瞬間には、迷いを完全に払拭した。

「――今すぐ出かける。準備してくれ」

従僕に命じ、立ち上がった。今日で全てのケリをつけると決め、執務室の扉を開く。そして、廊下に立っていた人物と危うくぶつかりそうになった。

「アンナ……っ？」

そこにいたのは、姿勢よく佇《たたず》むアンナだった。いや、立ちはだかると言った方が正確か。

彼女は怒っているような、困っているような、悲壮感を滲ませた表情でこちらをじっと見つめてきた。

「ど、どうしましたか？　まだ何か私に話でも？」

　アンナが退室してから、コンラッドが思案に耽っていたのは二時間余り。外は既に夕暮れに差し掛かっている。まさかその間ずっと廊下で待ち構えていたわけではあるまい。ならば別の用事を思い出し、丁度戻ってきたところか。

　そう思い至ったが、だとすると彼女が醸し出す硬い雰囲気に違和感を覚えた。

　何かを決意した顔。迷い、それでも行動しようとする者の力強さ。そういったものがアンナから滲《にじ》み出《で》ていた。

「……私を置いてどこへ行くつもりですか？」

「仕事ですよ。少し視察に行ってきます。帰りは遅くなるかもしれませんので、夕食はカールと二人で──」

「嘘吐《うそつ》き」

　いつになく冷めた声音で言葉を遮られた。

　こういう態度をとる彼女は珍しい。非難の籠った眼差しをこちらに向けてくることも。

　思わず虚を突かれると、アンナは力強い瞳でコンラッドを睨んできた。

「ついさっき、カールが泣かないよう三人で楽しく過ごそうと約束したじゃないですか。なのに私たちを置いて出かけるんですか？　しかも遅くなるですって？」

責める口調は、切羽詰まった響きがあった。必死にコンラッドを引き留めようとしている。そういう切実さが鮮明に感じられ、無意識に一歩後退《あとずさ》った。

明らかに先刻までとは様子が違う。焦燥が覗く表情は、苦しげでもあった。

――何か、あったのか……？　まさか――私と同じ『真相』に辿《たど》り着《つ》いた？

彼女が大判の本に似たものを抱えているのが気になったが、コンラッドは取り繕った笑みを浮かべた。

「できるだけ早く戻ります。少し確認したいことがあるだけなので、心配しないでください」

「するに決まっています。……私、あれからカールと話をしました。それで――これを見ました」

アンナが手にしていたものをこちらに差し出す。それは、一冊のスケッチブックだった。

「これは……？」

「ご覧になってください。そして、私の馬鹿げた妄想なら、叱ってください」

押し付けられたスケッチブックを開けば、そこに描かれているのはカールの絵だった。子どもらしく、自由な線と明るい色彩で伸び伸びと描かれている。

果物や、植物。動物に人物も。見る者を微笑ましい気持ちにしてくれる作品ばかり。

幼児だった時よりも格段に上手くなった弟の絵は、コンラッドを束《つか》の間《ま》温かな気分にしてくれた。けれどだからといって今これを見せられる理由が分からない。

困惑したコンラッドは、視線でアンナに問いかけた。

「最後のページをご覧ください」

言われて、白紙を何枚も捲《めく》る。そして最後の一枚に目が留まった。

紙の左隅に、小さく花の絵が描かれている。どう見ても子どもの手によるものではなく、絵心がある大人の作品だ。

無駄のない線と繊細な色遣いは、作者の技巧を窺わせる。名のある画家のものだと言われれば、納得するほどに。

「あの、何をおっしゃりたいのですか？」

「……そのスケッチブックは、カールが叔父様からいただいたものです。そしてその花に見覚えはありませんか？」

コンラッドは花の種類にさほど詳しくない。辛うじて薔薇《ばら》が識別できる程度だ。だが小さく描かれたその花だけは、よく知るものだった。

「父上が母上のために改良なさった花……」

「その通りです。他のどこにも咲いていない、特別な種類です。カールがスケッチブックをいただいた際にはもう、描かれていたそうです。絵の具の状態を見てもつい最近描いたのではないでしょう。叔父様が愛用していた画材にはこの花があちこちに描かれたり彫刻されたりしていたとカールが言っていました」

コンラッドの指先に力が籠る。

よく見れば、花の葉は変形して表現されており、何かを模《かたど》っている。おそらくアルファベットの一文字である『M』。

――母上の名前はマリー……

つまり、以前からロバートはこの花をよく知っていた。もっと言えば、コンラッドの母にとって特別なものだと分かっていたのではないか。

「きっと叔父上は、以前この屋敷に滞在した時に見て気に入ったのでしょうね」

声を震わせなかったことを褒めてやりたい。さも平然とした顔をして、コンラッドはスケッチブックをアンナに返した。

「それはありません。叔父様がいらしたのはかなり久し振りだと貴方が言っていましたよね？ それにあの方が社交シーズンを嫌っているとも。この花が咲くのは、丁度王都が賑わう時期です。わざわざいらっしゃらないでしょうし、家令にも確認を取りました。そして品種改良が成功したのは、約十五年前だと――私が下種な妄想をしているのなら、怒ってください」

アンナが静かにこちらを見つめてくる。

敏《さと》い彼女には、もう分かってしまったのだ。コンラッドが隠しておきたかった事実に。せめてアンナの中では『いい思い出』として終わらせたかったことに。

「――カールには……」

「何も言っていません。――言えるはずがない」

それはそうだ。コンラッドとて、叶うならアンナにも秘密にしておきたかった。何も知らせないまま全てを終わらせ、見せかけだけでも綺麗に幕引きを図れたら、どれだけよかっただろう。

けれど毅然とした彼女の様子に、それは無理だと思い知る。

アンナは守られるだけの立場も、優しい嘘も望んでいない。自分と一緒に険しい道を歩み、危険を冒してでも苦しみを分かち合おうとしてくれる人だ。

後ろに庇われ、真実を教えられぬまま仮初の平和な世界で微睡《まどろ》むことを望みはしない。

だからこそこうして辛い役回りを引き受けようとしてくれていた。

「たったこれだけで気づいてしまったのですか?」

「いいえ。今日、ボルダー夫人が話してくれました。お義母様が生前、男性に言い寄られていたと……けれど親友にも夫にも相手の名は明かさなかった。だとしたら、単純に『言えない』人物だったと考えるのが普通です。後は……女の勘ですね」

「貴女の勘は、精度が高くて怖いですね」

冗談めかしたところで、自分でも笑えなかった。

両親の死によって、誰が得をするのか。そんな視点で考えていたから、ずっと真実には辿り着けなかったのだ。

利益を得るのは伯父と叔母。もしくはいとこたち。しかし彼らをいくら調べても後ろ暗い証拠は見つからない。出てくるのは、借金や派手な異性関係、使用人に対するひどい扱いと悪い噂などばかり。

どれも犯罪とまでは言えない。

上手く捜査の網を逃れているだけの可能性を考慮して、二年以上じっくりと調べ上げた。その結果、両親の死に関しては怪しい点がないと判断せざるを得なかったのだ。

先刻目を通した、最終報告と銘打った調査書にも、はっきりとそう書かれていた。資金の流れと交友関係を精査したが、大口を叩いても実は小心者なのではないかと。

ただし別件で、屋敷を出た叔父が姿を消したと連絡が入った。秘かに付けていた監視はまかれ、今現在ロバートの所在は明らかになっていない。

この時間ならどこかで一泊滞在しなくてはならないのにも拘《かか》わらず、宿を取った形跡もなかった。最後の足跡は、叔父の住む屋敷へ向かう道程ではない。さりとて王都を出たのなら、必ず門を通過した証拠が残る。

それがないということは、未だ王都に残っているのだ。

賑わいが嫌だと言いながら、わざわざ屋敷を出て行き騒がしい人ごみに紛れるのは、あまりにも不可解。

——初めから、まっすぐ帰るつもりはなかったということか。

コンラッドが母を悩ませていた問題を知ったのは、彼女の死後。それも随分経《た》ってからだった。

家令にもバレぬよう、母は慎重に隠していたらしい。それでも全てを完璧に隠蔽するのは不可能だったに違いない。

コンラッドは偶然にも『あれ』を見つけてしまった。

父から母への贈り物を集めた部屋に、ひっそりと隠れていたもの。それを手に取ったのは偶然だ。

収められていた本棚から一冊の本を抜き出した際、一枚の封筒が落ちた。

何気なく拾い、見つけたのがカールでなくてよかったと今思い返しても痛切に感じる。

差出人の名はイニシャルで『R』とだけ。内容は、コンラッドの母へ対する拗《こじ》れた恋慕と恨み言だった。

怨嗟《えんさ》に塗れた嫉妬と一方的な恋心。ところどころ字が乱れ意味不明になる点は、読む者へ空恐ろしさを抱かせた。

べったりとした不快感が全身に絡み付き、すぐにでも燃やしてしまいたくなる。いったいどこの誰がこんなものを母に送ったのだと隅々まで目を通したが、手掛かりになるのは『R』の文字のみ。

母が何故それを残していたのかは謎だ。しかし文末には『この手紙で最後にする』と綴《つづ》られていたので、何らかの証にするつもりだったのかもしれない。

もしくは単純に処分するのが躊躇われたか、忘れたか。

——いや、母上はたぶん、全てては不義の疑いをかけられた場合、自分への疑惑を晴らせないと思ったのだろう。『R』からの手紙がこれ一通だったとは思えない。他は全て処分し、最後の一つを残した意図は、己の潔白を証明するため——

そして父を愛していたから、誰にも打ち明けられず隠すしかなかった。

今はもういない母親の思いが、痛いほど分かる。コンラッド自身、大事な人を守るために、問題からは遠ざけておきたいと願う。危険や不快なものへ触れさせたくない。

過保護だと言われても、独り善がりと思われても、自分が防波堤になることで大切な人を守れるのなら、迷いなくその方法を選ぶ。

皮肉なくらい理解できるからこそ、コンラッドは手紙をより忌まわしく感じた。

幸せな一家に落とされた、不穏の種。

もし相手が赤の他人や地位の低い者であれば、母は即周囲に相談し助けを求めたはずだ。それができなかった理由を考え、コンラッドは砂を食《は》んだ気分になった。

——母へ強引な求愛を繰り返していたのは、私や父が信頼する人間だったのではないか？

嫌な仮説は、コンラッドの手足に枷《かせ》を嵌《は》めた。もし両親の死に関わりがないのであれば、掘り返したくはない。母も今更蒸し返されることを望みはしないだろう。

だが――ロバートが急に姿を消したことで、埋めたくなかったパズルの欠片が嵌《はま》ってしまった。更に決定的なことがもう一つ。

両親の思い出が詰められた部屋から、母の日記帳が消えた。

その存在を知るのは、ごく僅か。しかも先日、ロバートがあの部屋へ強い関心を示していたことが、コンラッドは心に引っ掛かっていた。

語る内容も、実兄とのことではなく義理の姉に関することばかり。そこに、微かな違和感を覚えたのだ。

――叔父上は違うと信じたかった。けれど少しずつ積もった疑念を無視できず、念のために付けた監視から逃げ出すなんて――

目を逸らすことは最早できない。

全ての決着をつけるため、ロバートの後を追うつもりでコンラッドは執務室を飛び出し――今に至る。

「私の下世話で馬鹿げた妄想ならいいな、と願っていました。でも――」

決意を込めた眼差しで瞳を潤ませるアンナにだけは、知られたくなかった。

ダウズウェル伯爵家の恥部を。心から信頼している者に裏切られた自分の姿を。

立ち尽くし動けないコンラッドの手がそっと握られる。震えているのに気づいたのは、アンナの温もりで包まれたからだ。

「一人で背負い込まないでください。一緒に荷物を分かち合うために、私たちは夫婦になったと思っています」

ぎこちなく抱きついてくる彼女は、コンラッドの背中を撫でてくれた。

それが、どれだけ温かかったことか。

傷つき凍えていた心と身体が溶かされる。もし今ここにアンナがいてくれなかったら、おそらくコンラッドは完全に壊れていた。

唯一の味方だと思っていたロバートの裏切りに耐えられず、自暴自棄になっていたに違いない。立ち直るには、深手を負い過ぎていた。

「……叔父が、姿を消したそうです。おそらくアンナがボルダー夫人と接触したことが引き金でしょう。母は夫人と懇意にしていました。何かを聞き出したと怯《おび》えたのかもしれません。母の日記を持ち出したことも、おそらくは理由の一つです」

他に突然失踪する理由が見当たらない。ロバートが普通に帰路についていれば、コンラッドは今も真実から目を背け、盲目的に叔父を信じようとしただろう。その結果、更なる悲劇に見舞われたとしても。

行き先を眩《くら》ませた唐突さは、ロバートが如何に焦っていたのかが垣間見《かいまみ》える。

これまで通り平然とし、コンラッドに寄り添う姿勢を貫いていれば、自分が彼を疑うことはなかったはずだ。それは叔父も分かっていたと思う。

しかしロバートにはできなかった。アンナという新たな要因が彼を追い詰め、判断力を鈍らせたのか。

コンラッドの両親の死後、手紙を通して常にこちらを気遣いさりげなく動向を探っていた用心深さからは考えられない。さながら足を滑らせたよう。それも他でもなく、今このタイミングで。

両親の死の真相に関わっていると自白したも同然だった。

——叔父上を信じたかった。その思いが、私の眼を曇らせていたのかもしれない。

長い間ロバートはコンラッドの話を親身に聞く振りをして、自身へ疑惑の目が向くのを巧みに避けていたのだ。そう思えば、自嘲の笑みが漏れた。

「……何度目でも、裏切られるのは慣れません。とことん弱いですね、私は……」

「慣れなくていいです。いえ、絶対に慣れないでください。それからコンラッド様はとても強いですよ。だって過去に信じた人たちから非道な真似をされて、それでも私を信じてくれたじゃないですか。しかも明らかに怪しい私をですよ？　弱い人にできることではありません」

アンナの声が掠《かす》れて震える。彼女が涙を流すところを、初めて目にした。

コンラッドよりもしっかりとしていて逞しく、明るいアンナが自分のために泣いている。コンラッド以上に憤ってくれていた。

「傷つけられても他者を信じられるのは、強い人だけです。私は、誰かを愛しても報われないのが怖くて尻込みしていました。でも貴方は愛したい心に素直になれる方です。そんな素晴らしいコンラッド様が、弱いはずがないでしょう?」

「……ありがとうございます」

崩れ落ちそうだった心が補強される。縋《すが》るように彼女を抱き締め返せば、不思議と勇気が湧いてきた。

「コンラッド様、叔父様を追うつもりですよね? 一人では行かせませんよ。私も同行します」

「アンナならそう言うと思ったので、こっそり出発したかったのです」

「まるで私を我が儘を言って纏わりつく子どもみたいに言わないでください」

涙を拭って文句を言う彼女は、眩《まぶ》しいくらいに生命力が満ちている。そういうところに惹かれ、救われた心地になるのだと、場違いにもコンラッドは強く感じた。

「お手上げです。貴女は私の思い通りになる女性ではありません」

「嫌味ですか? でもだからって置いてけぼりにはされませんよ」

「ええ。ですから、一緒にいきましょう」

ロバートが王都に潜伏しているなら、あらゆる手を使って見つけ出してみせる。そのためなら疎遠にしていた伯父や叔母に協力を仰ぐことも厭《いと》わない。

必ずもう一度叔父に会い、全てを白日の下に晒すとコンラッドは亡き両親に誓った。

「本当に連れて行ってくれますか?」

「はい。本音では安全な場所で隠れていてほしいのですが、アンナに限って言うと目の届く場所にいてくれた方が安心な気がします」

「私は予測不能な災害ではありませんよ」

憮然《ぶぜん》としながらも、彼女が視線の圧を和らげてくれた。意気込んで強張っていた肩から力が抜ける。

緊張が緩んだ身体は、思いの外小さい。コンラッドは心の底から『守りたい』と感じた。

「叔父様の居場所に心当たりはあるのですか?」

「母に今でも執着しているのなら、考えられるところはあります」

ロバートは、コンラッド以上に他の親族と距離を置いている。更に懇意にしている友人も王都にはいない。

華々しい暮らしを嫌っていても、貴族としての生活しか知らない者が貧民街に転がり込めるとも思えなかった。

「母が別邸として使っていた屋敷があります。今は管理人に任せていますが、身を隠すには丁度いいでしょう」

問題は、そこに叔父がいなかった場合だ。

コンラッドの中で、嫌な予感がちらつく。もし当てが外れたとしたら、次に考えられるのは、想像するのも嫌な可能性。

ロバートに土地勘があり、母と関わりがあるのがどこか——考えるまでもなかった。最も思い出が残り間取りを把握しているのは、ここダウズウェル伯爵邸だからだ。

——いや、流石に無鉄砲過ぎる。だったら屋敷を慌てて去った意味がないじゃないか。

邸内の警備は万全。外部からの侵入を簡単に許しはしない。つまり、内部にいる限りは堅牢《けんろう》な砦《とりで》に等しかった。

仮に叔父が戻って来ようとしても、当主であるコンラッドの許可なくしては勝手に脚を踏み入れられない。故に、一番安全に決まっているのだが。

「……アンナ、カールはどこにいますか？」

「自分の部屋にいます。私について来ようとしていましたが、安全な場所で待っていてくれるよう話しました」

心の中の騒めきが大きくなる。

最近、怪しい動きをする使用人は入れ替えている。今邸内で働き、しかもカールやアンナに接近できるのは、コンラッドが『問題ない』と判断した者だけだ。

家令も目を光らせているので、不安になることはない。

そう自分に言い聞かせても、一度芽吹いた懸念は育つ一方だった。

「コンラッド様っ？」

「一緒に来てください。弟のところへ行きます！」

アンナに叫びながら走り出す。焦燥が際限なく膨らみ、悠長に歩く気にはなれない。この嫌な予感は気のせいだと笑い飛ばしたいが、コンラッドの顔は険しさを増した。

――不安感から過保護になっているだけだ。冷静に考えれば、あり得ない。

せっかく逃げたのなら、一刻も早く遠くへ行くのが当たり前。姿を消したと言っても、最終的には移動するために港町か街道に現れる。さもなければほとぼりが冷めるまで身を隠していればいい。

――敢えて再びここへ戻る理由がない。それなら初めから堂々と滞在し続ければよかった。

大丈夫だと懸命に己へ言い聞かせ、コンラッドはカールの部屋へ向かった。

ノックも忘れ、扉を勢いよく開く。

そして、硬直した。

「カール！」

そこにいたのは、ぐったりとした弟を抱えたロバート。カールの目は閉じられ、四肢が投げ出されている。

その光景を見た瞬間、コンラッドの全身から血の気が引いた。

「コンラッド、ノックもしないなんて、無作法じゃないか」

「弟に何をしたんですか！」

「兄上と姉上のところへ行くと騒ぐから、少し眠ってもらっただけだよ。そんなに怖い顔をしないでくれないか」

のんびりとした口調はいつも通り。まるで全てがコンラッドの思い過ごしだったのかと疑うほど。だが叔父の瞳は、明らかに常軌を逸していた。

柔和に細められながらも、双眸がギラついている。視線は定まらず、落ち着きがない。何よりも、こちらを見つめる眼差しに敵意が籠っていた。

「……どうやって屋敷に戻ったのですか」

「ここは僕が生まれ育った家だよ？　当主の執務室と礼拝所が秘密の通路で繋がっているように、あちこち隠された道があるなんて、昔から知っていたさ。君は全てを教えられる前に、兄が死んでしまったから全部を把握していないだろうけど」

どこか小馬鹿にした様子でロバートが首を傾げる。

片手でカールを抱え直し、もう片方の手には刃物が握られていた。

「外部から邸内に入り込む方法もあるんだ。たぶんかつては有事の際に脱出するためだったのだと思うよ。戦争が身近でない時代になって、いつしか必要なくなったのかな。偶然子どもの頃に僕が見つけて、誰にも教えなかった」

明かされた事実に、歯噛《はが》みしたくなる。

まさかそんなものがあったとは。最悪の巡り合わせで、叔父が見つけてしまうなんて、神の嫌がらせとしか思えなかった。

「ああ、懐かしいな。昔は何度かその通路を使ってマリーに会いに来ていた。でも二十年近く前に塞がれてしまい、使えなくなったんだ。マリーの仕業かな？　今回、久し振りに屋敷に滞在して、入り口を塞いでいたものを取り除いたから、またこうして自由に行き来できるようになったんだよ」

いっそ無邪気に宣うロバートにゾッとする。不法侵入を繰り返していたと告白したのも等しいのに、本人には微塵も罪悪感がない。

それどころか、再び通路を開通させたことを誇っているようですらあった。

「母上に付き纏っていたのは、叔父上だったのですね……」

「人聞きが悪いよ。たまたま先に出会ったのが兄さんだっただけで、本当なら僕とマリーが結ばれるはずだった。真実の愛は誰にも引き裂けない。僕は障害なんかには負けないと何度も伝えていただけだ。一日も早く兄さんとは離縁して、僕と一緒になるべきだってね」

身勝手な言い分に眩暈がする。軽くよろめいたコンラッドの背中を支えてくれたのは、背後に立つアンナだった。

「跡取りの君を産んだのなら、マリーは自由だ。いつまでも兄さんに縛られる必要はない。だから安心して僕の所へおいでと言っても、マリーは優しいからなかなか踏ん切りがつけられなかったんだよ」

「叔父様の主張はともかく、カールを放してください。その子は関係ありませんよね」

前に出ようとするアンナを押《お》し留《とど》め、コンラッドは意識を失っている弟を案じた。今のところ、怪我《けが》をしている様子はない。

だが昏倒《こんとう》させられているなら、薬物か殴られたのか。どちらにしても何かされたのは確実で、許されるなら今すぐ駆け寄って助け出したかった。

「そうはいかない。だって人質がいなくちゃ、今にもコンラッドが飛び掛かってきそうだ。自分の身は自分で守らないとね」

ロバートは見せつける仕草でナイフをカールの首に押し当てる。コンラッドが息を呑《の》んだのは言うまでもない。アンナも小さな悲鳴を上げた。

「……ここへわざわざ戻ったのは、何故ですか」

深く呼吸し、冷静さを保とうと心掛ける。しかし実際には頭が沸騰しそうだった。

怒りと動揺で、暴れ出さない方が難しい。室内へ強引に踏み込めないのは、大切な弟が危機に晒されているからだ。それさえなければ、コンラッドは銃口を向けられても叔父に殴り掛かったかもしれなかった。

「あんまり慌てて帰路についたから、忘れ物をしてしまったんだ。それを取りに来たんだよ。日記帳だけでなく、マリーの嵌めていた婚約指輪を貰《もら》おうと思って。あれは彼女を誰より愛していた僕こそ、引き継ぐのが相応しい」

そう告げられ、コンラッドが咄嗟に視線をやると、アンナが自らの左手薬指へ触れていた。そこには、今は何も嵌められていない。彼女曰《いわ》く、普段使いはとても恐れ多い品なので、特別な時にしか着用しないと決めているそうだ。

とはいえ、現在の所有者はアンナ。コンラッドにとっても大事なもの。それを『寄越せ』と言わんばかりのロバートに抱いたのは、激しい苛立《いらだ》ちだった。

——叔父上が相応しい？　何を寝惚《ねぼ》けたことを——

ダウズウェル伯爵家代々の女主人が受け継いできた品を、みすみす渡せるわけがない。当主の座を譲れと親族らに言われた時よりもよほど腹が立った。

「叔父上、貴方はこの家の爵位がほしかったのですか？」

「そんなものどうだっていい。僕はマリーと結ばれたかっただけだ」

「でも母を殺したのでしょう？」

回りくどい言い方をせず核心を突けば、叔父は一瞬言葉に詰まった。

濁った瞳は小刻みに揺れている。さながら現実を見ていないようで、瞬《まばた》きもほとんどしていなかった。

「あれは……仕方なかったんだ。兄さんだけを殺そうとして馬車に細工をしたのに、まさかマリーが同乗していたなんて……不幸な事故だったんだよ。——……いや、いつまでも意地を張るマリーを少しだけ脅かしてやろうと思って……だから僕は何も悪くない！　ちゃんと手紙に返事をくれていたら、あの日の馬車には乗るなと忠告できたんだ」

めちゃくちゃな主張だ。けれど自分が正しいと信じて疑わない壊れた男がそこにいた。

「……それで、両親を死に追いやったのか」

最早これまで通りの丁寧な言葉を使う気にはなれなかった。コンラッドの眼前にいるのは、慕った叔父ではない。この二年余り、憎み続けた犯人だった。

「返事をくれなかったマリーが悪い。僕が『これで最後にする』と言っているんだから、もっと引き留めるべきだ。ちゃんと素直になってくれていたら、兄さんだって馬車に乗らずに無事だったはずだよ」

眩暈がする。全く話が通じない。

長年コンラッドが交流してきたロバートは、もうどこにもいなかった。いや、初めから幻想だったのかもしれない。

滅多に会うことがなく、文面でのやり取りが主だったから、彼の狂気に気づかなかっただけ。綺麗に取り繕った部分だけを、自分は見ていたのか。

思い返してみれば、ロバートが王都の屋敷に滞在することは両親の存命中長らくなかった。あれは叔父が田舎での生活を気に入っているためだと思っていたが、真実は違ったのだろう。

母が拒んでいたのだ。そして妻を大事に想う父は真相を知らなくても、母の意思に沿おうとしていたに違いない。

――何も気づかなかった。気づこうとしなかった自分に腹が立つ。

追い求めた真実は、あまりにも残酷。心臓を握り潰されるほどの痛みを感じる。いっそこのまま鼓動を止めてしまえたら、どれだけ楽になれることか。

心が挫《くじ》けかけ、コンラッドは背中に触れている手の温もりに引き戻された。

――一人じゃない。

守りたい相手も、支えてくれる人もいる。まだ全てに絶望してしまうには、早過ぎた。

「……指輪を渡せば、カールに危害を加えないと約束するのか」

「そうだね……せっかくならマリーの思い出の品をもっと貰おうかな。今から彼女の部屋へ行こう。そうだ、それがいい」

はしゃいだ声で宣って、ロバートが一歩踏み出す。ご機嫌な様子で独り善がりな昔話を並べ立てた。

――そうだ、もっと近づいてこい。隙をついてカールを助け出す。

「マリーはいつも僕に優しくしてくれた。兄さんの目があるから、素っ気ない態度を取っていたのを、僕にはお見通しだ。――いや、君たちがいなければもっと僕との時間をとれたはずだ……ああ、考えてみたらダウズウェル伯爵家の後継者はコンラッド一人で充分なのに、どうしてカールまで産んだのだろう？　余計にマリーが僕の所へ逃げ難くなるじゃないか……そうだ。この子さえいなかったら――」

刹那、叔父の声音が重く沈み、瞳がどんよりと濁った。

妄想と現実の狭間《はざま》にいるのか、カールを抱える手に力が入る。すると幼子が身じろいだ。

「……んん……兄上……？」

「カール！　動くな！」

強く拘束されたせいでカールが目を覚ます。初めは寝起きのように状況が理解できなかったようで、数回瞬きをした。

しかし尋常ではない雰囲気は察したらしい。目がこぼれ落ちそうなほど瞠目し、自分を抱えるロバートを恐々振り返った。

「……叔父上……？」

「ああ、起きてしまったのか。もう少し大人しく眠ってくれていたらよかったのに」

ナイフを突きつけられたカールの双眸に、みるみる涙が浮かんでゆく。完全に現状把握はできなくても、自身が大変な状況にあるのは悟ったらしい。

震えながら、こちらに視線で助けを求めてきた。

「あ、兄上」

「暴れては駄目だ。必ず助けるから、今は大人しく――」

「う、わぁあん」

だが幼い子が身の危険を感じ、涙を堪えるのは不可能に近い。大人だって、冷静でいられるはずがなかった。

しゃくりあげたカールはジタバタと手足を動かす。その反動でナイフの刃先が肌を傷つけ、余計に嗚咽《おえつ》が止まらなくなった。

「――煩《うるさ》いな」

「弟には手を出すな！」

「ああ、煩い！　煩い！」

ロバートの声が冷酷さを増す。危険な兆候にコンラッドが駆け寄ろうとすると、それよりも一瞬早くアンナが横をすり抜けて叔父へ飛び掛かった。

「私の弟に何をするのよ！」

躊躇いのない瞬発力に愕然とした。あれこれ考えて動けないでいた自分とは対照的。アンナが全力で体当たりすると、さしものロバートも予想外だったのか、派手に弾《はじ》き飛《と》ばされ転がった。

「ぎゃっ」

「こっちにきなさい、カール！」

「姉上！」

両手を広げたアンナの元へ、カールが飛び込む。だが床に倒れた叔父がすぐさま起き上がった。

その手には、握られたままのナイフ。怒りの形相で腕を振り上げた先は、カールを庇ってしゃがむアンナだった。

「やめろ！」

もう何一つ奪わせない。大切なものは、命に代えても守って見せる。

コンラッドは彼らの間に飛び込むと、素手でナイフの刃を掴んだ。

「駄目っ、コンラッド様、手が……！」

アンナの悲鳴が聞こえ、鮮血が流れ落ちたものの、痛みは感じなかった。

己の指がどうなろうとどうでもいい。その程度の犠牲で二人を守れるなら、安いものだ。

がむしゃらに暴れてナイフを取り返そうとするロバートに負けじと、更に力を入れて刃を握る。傷が深くなり出血が増す。

奇声を発した叔父の力は、壮年の男性のものとは思えぬほどだった。がむしゃらに腕を振り回し、隙あらば噛みつこうとしてくる。

コンラッドが抱いていた面影は、どこにもない。だからこそ遠慮なく甘い情を捨てることができた。

みぞおち目がけて思い切り蹴りつける。

容赦なく脚を繰り出せば、ロバートがくぐもった呻《うめ》き声《ごえ》を漏らし、身体をくの字に折った。

コンラッドの脚に残るのは、生き物を痛めつける嫌な感触。誰かと殴り合った経験などない。

だが万が一自分が倒れれば、その後アンナとカールがどんな目に遭うことか。

ごちゃごちゃ考えるよりも先に身体が動き、コンラッドは奪ったナイフを投げ捨て、手直にあった椅子を掴むと叔父の背中に叩きつけた。

「うぐ……ッ」

呻《うめ》いたロバートが、床に頽《くずお》れる。背を丸め、激しく嘔吐《おうと》した。そしてそのまま自身の吐しゃ物に突っ伏す形で、意識を失う。

興奮が治まらず、コンラッドの手は壊れた椅子を握ったまま。呼吸音と心音が喧《やかま》しく響いていた。

「コ、コンラッド様、手は……手は大丈夫ですかっ？」

「私よりもアンナとカールは無事ですか」

走り寄ってきたアンナが、コンラッドの手から椅子を奪い取る。出血は更に増し、息が上がって上手く喋れない。心臓は、恐ろしい速度で脈打っていた。

「私たちは軽傷です。それより手を……！」

直接ナイフを掴んだ右手は、ざっくりと切れていた。止まらない鮮血にカールが怯える。

だがまるで怯《ひる》む様子のないアンナは、ハンカチを取り出すと素早く傷口を押さえた。

「ここを圧迫して止血しながら、手を心臓より上にあげてください！」

「随分詳しいんですね」

並の令嬢であれば、こんな惨状を目にすれば意識を失ってもおかしくない。それなのに彼女は冷静に処置を施してきた。

「病院で下働きしていたこともありますから。そんなことより吐き気はありませんか？　ここに座ってください」

「下働き……？」

およそ貴族令嬢の口から飛び出す台詞ではない。コンラッドは問い直そうとしたけれど、その前に騒ぎに気付いた使用人たちが集まってきた。

「コンラッド様、いったいどうなさいましたか！」

「大変、血が……」

「え？　ロバート様はとっくに出立なさったんじゃ――」

それぞれがひどい事態に戸惑っている。室内は荒らされ、主は負傷し、一人は気絶しているのだから当然だろう。

家令ですら、しばし呆然《ぼうぜん》としていた。

「医者を呼んで！　それからあの男を縛り上げてちょうだい！　勝手に自決できないよう、轡《くつわ》を噛ませるのを忘れないで」

そんな中、アンナの鋭く適切な指示が飛ぶ。固まっていた使用人らは、彼女の声で我に返った。

「か、かしこまりました」

「カールがショックを受けているわ。落ち着かせたいから、温めたミルクを持ってきてくれる？　蜂蜜はいつもより多めに入れてね。部屋の片づけは後でいいわ」

「はい！」

こんな時なのに、頼りになるアンナに感心してしまった。何て強く冷静なのだろう。

そう一瞬思ったコンラッドは、彼女の全身が小刻みに震えていることに気づいた。

——本当は恐ろしくて堪らないのに、懸命に平気な振りをしてくれているのか。

おそらく、カールのために。そしてコンラッドのためにも。

弟は顔色を蒼白《そうはく》にし、アンナにしがみついていた。その視線の先は、コンラッドの右手だ。

白かったハンカチは今や真っ赤に染まっている。赤い滴は、シャツの袖口の色を変えていた。

「あ、兄上……死なないで」

「この程度の傷では死んだりしない」

「でも血が沢山……！」

大きな瞳から涙をこぼし、アンナと同じくらいカールも震えていた。きっと両親の死が小さな心に影を落としている。家族が喪われる恐怖をまた弟に味わわせてしまったのかと思うと、コンラッドは己の不甲斐なさを恥じた。

「大丈夫。絶対にお前を一人にはしないよ」

「そうよ、カール。コンラッド様は絶対に大丈夫。私たちを置いてどこにも行きはしないわ。そうですよね？」

不安を湛《たた》えた彼女の瞳は潤んでいた。

今の言葉はアンナ自身に言い聞かせていたのかもしれない。戦慄く腕でカールを抱き締め、こちらを真摯に見つめてきた。

「勝手にどこかへ行ったら、私は追いかけて連れ戻しますよ」

強気に言い放ちながらも、彼女の瞳には懇願が揺れている。『傍にいてほしい』『どこにもいかないで』と訴えられていた。

精一杯虚勢を張り、強がる態度も可愛くて、コンラッドの口角が緩む。こんな時だがアンナを妻に迎えられてよかったと心の底から思った。

――何て愛《いと》おしい。

信頼していた叔父に裏切られた痛みは、生涯癒えることはないだろう。この先の人生で、コンラッドを苛《さいな》み続ける。

だがその痛み以上に愛しい人が傍で共に悲しみ、憤り、笑ってくれる奇跡を噛み締められると思えた。

アンナと巡り会えたのなら、これまで辛く耐え難かった時間にも意味はある。

そんなことを考えながら、コンラッドは深く長い息を吐いた。

その後

右手を負傷したコンラッドは、日常生活に支障が出ている。

主に、食事や着替え、入浴などが一人では行えない。もっとも、身の回りの世話を人任せにしている貴族は多いので、さほど困る事態ではないのかもしれないが。

——コンラッド様は基本的にご自分でされていたわよね？

あまり人を寄せ付けない期間があったため、一通りのことは自力でできるはずである。しかし今の彼は全てをアンナに頼んできていた。

「次はそれが食べたいです」

切り分けた肉を左手で指し示し、コンラッドが微笑む。場所は夫婦の寝室。椅子に腰かけたコンラッドへアンナが遅めの昼食を運んできたところだ。

現在治療のため、彼は仕事を休み極力身体を休めている。ロバートの事件の後、外傷による高熱もあり医師から『絶対安静』を申し付けられたためだ。

日に何度も傷口を消毒し、包帯を替えなくてはならず、怠れば指が二度と動かなくなるおそれもあった。最悪の場合、手が腐り落ちる可能性があると告げられ、震えあがったアンナ自ら看病を買って出た次第である。

——コンラッド様は私たちを守るために深手を負ったんだもの。私にできることは何でもする。でも、何だかちょっとおかしくない？

現在アンナは、彼の膝に横を向いて乗った状態でコンラッドの口元に食べ物を運んでいる。彼が完全に回復するまで手助けするのは当然だし、微塵も嫌ではない。

だがしかし、だ。

——隣に座ればいいだけなのでは？

怪我人《けがにん》であるコンラッドの膝に鎮座する理由はない。むしろ患者を疲れさせているではないか。だがアンナが『下りる』と言うと、彼は『ではごちそうさま』と食事を終了してしまうので、できないのだ。

体力をつけ、一日でも早く傷を治すためには沢山栄養を取ってほしい。自分が密着してせっせと給餌すれば食べてくれるなら安いもの——と思ったのが間違いなのか。

今ではアンナの定位置がコンラッドの膝の上になってしまったのを、後悔しても遅かった。

「あの、コンラッド様」

「飲み物を一口下さい」

「あ、はい」

ナイフとフォークのように両手を使わねばならないなら、介助が必要なのは理解できる。しかしグラスを口元へ運ぶ程度は左手一本でも可能なはずだ。

しかし守ってもらったことと、この生活に慣れつつあることで、アンナは素直に従っていた。

「こうしてアンナが甘やかしてくれるのは、最高ですね」

「ご自分でできることは、練習がてらなさった方がよくありませんか？」

「傷が疼いて、まだ痺《しび》れがあるんです」

「えっ、でしたら安静にしてください！」

あれから数日、この繰り返しだ。食事に留まらず、入浴と着替えも同じ調子だった。

以前、強引に浴槽へ引っ張り込まれた時には動揺と照れが大きかったが、今はそれすら麻痺してきている。

むしろアンナの目が行き届かないところで何かあっては堪らないとまで思う始末。

傍に付きっきりになって安心できるなら、『もうそれでいいか』と思考を放棄し始めていた。

「アンナに食べさせてもらうと、より美味しく感じます」

「それは……よかったです？」

ご満悦な様子なので、よしとする。

ロバートとの一件で深く傷ついたコンラッドが、かつてのような暗く鬱々とした状態に戻ってしまうより、現状の方がいいに決まっていた。

あの当時のどんよりと濁った瞳の彼とは、二度と会いたくない。

勿論、叔父の引き起こした事件でコンラッドが身体以上に心も痛手を被ったのは間違いない。明るく振る舞っていても、夜中魘《うな》されることがあるのを、アンナは知っている。

けれど彼が口にすることなく乗り越えようとしている姿勢に、水を差したくなかった。

だからこちらからは何も言わない。

いつかコンラッドが弱音を吐く日がきたら、存分に受け止めようと心に決めているだけだ。

――コンラッド様が心安らげる居場所を作るのが、私にできること。

ロバートは捕まり、今は裁判を待つ身だ。先代伯爵夫妻を殺害した件でも、有罪は免れまい。彼が住んでいた屋敷からマリーに受け取り拒否された手紙や贈り物、肖像画などが大量に見つかり、更には馬車へ細工を依頼した証拠までが出てきている。

盗まれた日記帳は叔父の荷物から発見され、周囲の人間からはポツポツと奇行の証言が集まり出した。最早言い逃れは不可能。

ただし本人に責任を問えるだけの判断力が残っているかは、怪しかった。

――やっと犯人に辿り着いたのに、これでは余計にコンラッド様が苦しんだだけだわ。

もどかしくて、悲しい。いっそ彼の苦痛を自分が代わりに背負えたらとも願う。

しかし現実にはできるわけがなく、アンナは黙ってコンラッドに寄り添っていた。

「心配しなくても、指先に感覚はあります。引き攣ってあまり力は入らないが、動かせるから安心してください」

　無意識に俯いていたアンナに何を思ったのか、彼がにこやかに告げる。

　こちらが落ち込んでいると考え、慰めてくれているのかもしれなかった。

　——一番辛いのは、ご自分なのに。優しくて強い人だな……

　アンナの胸の奥が温かくなる。つい微笑めば、唇が重ねられた。

「……油断も隙もない」

「可愛らしい顔でじっと見つめてくる貴女が悪い」

　まるで悪びれる様子もなく、コンラッドが堂々と言う。無駄に爽やかさを醸し出すものだから、アンナは毒気を抜かれた。

「全くもう」

「カールはどうしていますか？」

「厩舎《きゅうしゃ》にいます。あまり周りが腫れ物に触るように接するのもよくないとお医者様が言うので、あの子の好きなようにさせています。最近は動物の世話を焼きたがって、御者の後をついて回っていますよ」

「ああ。彼なら昔から我が家で働いていたので信用できます。叔母が勝手にクビにしたのを、呼び戻してよかった」

　カールの怪我は軽傷で、今は完治している。だが幼い心が受けたショックは甚大で、今でも一人にはしておけなかった。

「では、今は二人きりですね」

包帯を巻かれたコンラッドの右手が、アンナの手に重ねられる。急に甘く妖しい空気が室内に満ち、アンナは目を泳がせた。

「も、もう食事はいいのですか？」

「ええ。お腹《なか》は一杯です。それよりも、デザートをください」

普段甘いものを好まない彼の言う『デザート』が何なのか、分からないほど察しは悪くない。求められているのは、アンナ自身。

噎《む》せ返《かえ》りそうなほどの官能的な空気に、こちらの肌がざわめいた。

「安静にしなくてはいけません」

「こんなに何日ものんびり過ごしたのは、成人してから初めてです。それにこのところ毎晩カールも一緒に三人で眠っているので、アンナに触れられる機会がなかった」

昼間は辛うじて元気に見えても、夜になるとカールは不安定になる。

コンラッドですら悪夢に魘されるくらいなのだから、小さな子どもの心の傷が完治するにはまだかなりの時間がかかるはずだ。そこで夜は三人で就寝するのが、日課になっていた。

誰かの夢見が悪くても、別の者が起こして『大丈夫だ』と言えるように。三人で支え合って、家族の困難を乗り越えるつもりだった。

「でも、まだ外が明るいですよ」

「私は気にしない」

「私は気にします！」

被《かぶ》せ気味にアンナは叫んだが、彼は意に介した様子がない。再び口づけをしてきて、至近距離で微笑んだ。

「アンナに触れたい」

「……っ」

直球の口説き文句にクラクラする。遠回しに言われるよりも破壊力があって、アンナは頷くことも首を横に振ることもできなかった。

ただ魅入られて、見つめ合う。瞬きも忘れ、互いの瞳に映る自分と目が合った。

「愛しています。私たちが無事なのを、実感させてください」

コンラッドが大怪我を負い、当然ながら『そういう行為』は控えていた。彼がそれどころではなかったし、アンナはダウズウェル家当主の代理として諸々の後始末に奔走していたからだ。

思えば、こうして二人きりの時間も久し振り。

重ねられた手の重みが、じわじわとアンナの心を溶かした。

「手……動かせるじゃありませんか」

「アンナに触れたい思いが強くて、頑張っています。リハビリだと思って、手伝ってくれませんか」

　そう言われては、これ以上強がって拒めない。

　アンナが小さく頷くと、彼がこちらのこめかみにキスをしてきた。

「片手でボタンを外すのは困難なので、お願いできますか？」

　コンラッドが着ている寝衣は小さなボタンが縦一直線に並んでいる。もっと脱ぎ着が楽なものの方がいいと提案しているのだが、『これが気に入っている』と彼が譲らなかったものだ。

　──まさか私に手伝わせたいから、敢えてこれを選んでいるのではないわよね？

　チラリと思いついた考えを否定しきれない自分がいる。

　何気なくコンラッドを窺うと、彼はやや意地悪く目を細めた。

「どうしましたか？」

　絶対にわざとだ。確信して、アンナは手を止める。けれど結局はコンラッドの膝から下りて指を動かし、全てのボタンを外し終えた。

　何度も目にしてきたはずの男の胸板が視界に飛び込んできて、ドギマギしてしまうのは何故なのか。全く見慣れたり見飽きたりすることがない。毎回新鮮な気持ちで狼狽《ろうばい》し、緊張するアンナがいた。

　引き締まった彼の身体には無駄なところが一つもなく、あまりにも見事な造形は畏怖を覚えるほど。

それが昼間の陽光の中で余すところなく視認でき、アンナはひっそりと喉を鳴らした。

――夜、暗い中で対峙するよりも、いやらしく感じる。それによく考えたら、これから私は自分で服を脱がなくてはならないのでは？

それもコンラッドの視線を浴びながら。

いつもなら、少し協力するだけで彼が手際よく服を脱がせてくれる。しかし手を負傷している今のコンラッドに、無理はさせられない。

だとしたらアンナ自ら率先して裸にならなくてはならないということだ。

そう気づいた瞬間、アンナは自分の顔から火が出るかと思った。

――えっ、いくら何でもやる気満々過ぎない？

淑女とは、夫に全て任せるべし。間違っても『さぁ、こい！』と準備万端で待ち構えるものではないとアンナは教えられた。それが忌々しいリドル子爵家の教えであっても、他の常識は知らないのだ。

逡巡したアンナは意味なく拳を握って開いた。

「……自分で脱ぐのは恥ずかしいですか？」

「えっ」

こちらの頭の中が読めるのか、彼が尋ねてくる。答えられずアンナが固まっていると、コンラッドが蠱惑的《こわくてき》な笑みを浮かべた。

「手伝ってあげましょうか。右手は使えませんけどね」

「や、ぇ、あ……っ？」

言うなり彼が、アンナの胸元に結ばれたリボンの端を咥《くわ》え、口で解いた。

普通に手を使われるよりも淫靡に感じる。

緩んだ胸元が心もとなく、咄嗟にアンナは自らの手で押えようとしたが、それよりも先に服の胸部を食まれる。

ドレスと下着越し。されどじわりと他者の温度や感触を伝えてくる。

次第に湿り気を帯びてゆく胸のあたりがゾクゾクし、上目遣いのコンラッドと視線がかち合った。挑発的な彼の眼差しから目を逸らせない。どんどんアンナの呼吸は乱れ、心音が大きくなった。

「や……」

抱き締められたり、普通に触れられたりするよりも恥ずかしい。淫猥な秘め事の雰囲気に酩酊《めいてい》する。さも悪いことをしている気分になり、アンナは身じろぎもできなくなった。

食まれていた布の一部が解放されても、その場に張り付けられたまま。息を吸った分、胸がいっぱいになって苦しくなる。

喘ぐように喉を震わせると、色香を滴らせたコンラッドが立ち上がり、ベッドへ誘導された。

押し倒され、視界一杯に愛しい人が映っている。乗り上げてくる彼はあまりにも美しかった。

「捕まえた」

ゾクッと走る官能に、体内が潤むのを感じる。触れ合いたい欲が抑えられず肥大化し、アンナは彼を見上げた。

「アンナにそういう顔をされると、この上なく興奮します」

「そういう？」

「いつも惚《ほ》れ惚《ぼ》れするほどしっかり者で格好《かっこ》いいのに、急に愛らしくて守りたいと思わせてくるところです。これ以上、私を夢中にさせないでください。でないと、カールにまで嫉妬してしまいそうです」

冗談にしては真剣な面持ちで告げられ、笑い飛ばせばいいのか叱ればいいのか迷う。

だがトキメキに負け、アンナはコンラッドの髪を撫でつけた。

「コンラッド様は生真面目な振りをして、案外女性慣れしていますよね。女が喜ぶ台詞を次から次に紡げるんですもの」

「心外です。貴女だから優しくしたいし、好かれたい。そのために背伸びして必死に口説いているんです。——でも、つまりアンナは喜んでくれているってことですよね？　それなら私の努力は報われました」

「あ」

女が喜ぶ台詞と言ってしまった手前、アンナは自分も歓迎していると自白したのも同然だった。遅ればせながらそのことに気づき、赤面する。

真っ赤になって彼を見返すと、コンラッドは満面の笑みで見下ろしてきた。

「夫婦って、本当にいいものですね。父と母があんなにも互いを大事にしていた理由がよく分かりました。自分以外の他者が、己自身よりもこちらを気遣い大事に思ってくれる……一度こんな甘美さを知ってしまったら、絶対に手放せません」

大きな掌《てのひら》がアンナの火照った頬に添えられる。

馴染《なじ》む感触が心地よくて、アンナはうっとりと擦り寄った。

「私も……同じ気持ちです。まさかこんな幸福が待っているなんて夢にも思いませんでした」

今よりマシに生きられればいい。その程度の気持ちで飛び込んだ先に、最高の喜びがあるなんて、想像もできなかった。

母と暮らしていた時と同じくらい、幸せだ。絶対に失いたくないし、大事にしたい。

だからこそ――伝えておかなくてはならないことがあった。

アンナは身体を起こし、深呼吸する。大事な話をしたい気持ちが伝わったのか、彼は黙ってこちらを見つめてきた。

「コンラッド様……私は、リドル子爵の私生児として生まれました。あの家に引き取られたのは政略結婚の道具になるためで、人生の大半を平民として生きてきたんです。病弱で療養していたのでもなく、本当なら貴方の妻になれる身の上ではありません」

秘密を貫けば、この生活は守られる。だがそれはアンナの矜持《きょうじ》が許さなかった。

この世で最も愛する人に、嘘を吐きたくない。隠し事の全部が許されないなんて潔癖さは持ち合わせていなくても、血筋を重視する貴族にしてみれば、これはぞんざいに扱えない問題だ。

もし今後、アンナとコンラッドの間に子どもが生まれれば、その子にまで重荷を背負わせることになる。

アンナが自己保身のために口を噤むのは、ロバートと大差ない裏切りとしか思えなかった。

――コンラッド様を騙すくらいなら、真実を打ち明けて責められた方がいい。

何があっても、彼に対して誠実でありたい。その結果罵倒され離縁を切り出されたら、一生をかけて償うつもりだった。

ただし、簡単に別れは受け入れない。

あらゆる努力をし、真摯にコンラッドに向き合い、尽くして――どれだけ時間がかかっても許してもらえるよう全力を注ぐ。諦めが悪いと言われてもいい。図々《ずうずう》しく居座って、彼の心を取り戻そうと決意した。

「今更事実を告げて、卑怯《ひきょう》だと思われるのは分かっていますが――」

「知っていましたけど？」

悲壮な覚悟でアンナが思いのたけをぶつけようとした刹那、コンラッドがさも不思議そうに首を傾げた。

「……え？」

「アンナの母君はリドル子爵家で働いていたメイドだったのでしょう？　我が子を孕んだ女性を着の身着のまま放り出すなんて、外道のすることです。紳士の風上にも置けない。義父とはいえ、アンナが望むのなら地獄を見せてやりますが、どうしますか？」

「へ、ぁ、え？」

想定していたのと違う反応を返されて、思考が停止した。彼は裏切られることに敏感なので、てっきり『汚らわしい』くらいは言われるものと恐れていたのだ。

──それなのに『知っていました』？　え、幻聴？

「な、何故……いつからご存じだったのですか？」

「ボルダー夫人のお茶会にアンナが行く数日前、リドル子爵が夫人を連れて押しかけてきました。色々喚《わめ》いていましたが、要約するといくら娘に援助を申し込んでも無視するので、代わりに娘婿である私が金を用立てろ──とのことでした」

──あんのクソ一家……！

怒りで頭が爆発しそうだ。アンナはリドル子爵家から届く手紙を纏めて処分していたのだが、まさかコンラッドにその反動がいっているとは考えていなかった。

彼らの浅ましさと執念を、甘く見積もっていたらしい。

恥知らずにもほどがある。しかし恥の概念があれば、そもそも自分たち母子にしたような仕打ちができるわけもなかった。

——私の常識とかけ離れ過ぎていて、想定できなかったわ。

「そんなもの、断ってください！」

「妻の実家に没落されるのも夢見が悪くなるので、最低限の援助は約束しました」

「没落して構いません。——あ、そうするとコンラッド様のご迷惑になりますか？」

「元からリドル子爵家の何かに期待して結んだ婚姻ではないから、特別痛手はありません」

だったら尚更あの家がどうなろうと構わないし、むしろ消えてほしい。

そんな思いを込め、アンナは地団駄を踏みたい気分だった。

——コンラッド様に迷惑をかけることはしたくないのに。

「そ、それで私の出生に関しては、どこから漏れたのですか？」

金蔓《かねづる》であるアンナの秘密を両親が口にするはずがない。ならば他にも事実を知っている人間がいるということだ。

昔の知り合いか、かつての母の同僚か。それとも。考えるだけでアンナの背筋が凍る。この件でコンラッドに悪い噂が立つことが、何よりも怖かった。

「リドル子爵が『娘が役に立たない』などと貴女を馬鹿にした物言いをするのできつく抗議したら、捨て台詞のように叫んで、慌てて逃げて行きましたよ」

「馬鹿じゃない？」

よもや父親本人の仕業だったとは。悪い意味で想像を軽々上回ってくる。どうりでこのところ、あんなにも頻繁だった手紙が途絶えているはずだ。

呆れてものも言えない気分だが、罵りだけは抑えられなかった。

「自分でバラしてどうするのよ。そこは死に物狂いで秘密を守るところでしょう。何のために私を貴族令嬢に仕立て上げて送り込んだと思っているの。計画も甘いけど、脇が緩々ガバガバ過ぎるわよ！」

間抜けな男と血が繋がっていると思うと、アンナは頭を掻《か》きむしりたくなった。

どこまでも小悪党。器が小さく、やらかすことは質が悪い。そんな下種のせいで母が苦労し自分も翻弄されたと思うと、初対面の日に蹴り飛ばさなかったことが悔やまれた。

――いや、今からでもリドル子爵家に乗り込んで、暴れてくるべき？　夫人にも何か一言ぶちかましてやりたい。

アンナが不穏なことを考え、歯軋《はぎし》りしていると。

「そのおかげで私たちが出会えたのなら、私はリドル子爵に感謝したいくらいです」

頬に添えられた手に促され、顎を軽く持ち上げられる。視線が絡んだ直後、啄《ついば》むキスが落ちてきた。

「リドル子爵がアンナとの縁を結んでくれたことは、素晴らしい手腕でしたね。褒めてもいい。ただし貴女があの家で受けた冷遇は許せません。勝手に色々調べさせてもらいました。勿論、母君を苦しめたことも遡って報復の手段を練っているところです」

いつの間に。

アンナは以前の知人と別れの挨拶をする間もなく連れ去られたので、彼らはおそらく自分が失踪したものだと思っている。しかもアンナの過去は念入りに隠され、過去に繋がるものはない。

つまり伝手《つて》をたどって調べるのは難しかったはず。

それなのにさほど時間もかけずに真実を探り当てたコンラッドの手際はたいしたものだ。アンナがゴチャゴチャ悩んでいた時にはもう、とっくに全部バレていたのだと思うと、気が抜けてしまった。

「……コンラッド様は、私が私生児だと知って幻滅しましたか？」

微かに声が震える。答えを聞くのは怖い。アンナが勇気を振り絞って彼へ視線をやると、やや怒った顔をしたコンラッドがいた。

「どうしてアンナに？　幻滅するなら、リドル子爵に対してでしょう。実の娘を自分の都合で捨て、今度は必要になったからと拉致して嫁がせる。しかも金の無心とは――貴女がどれだけ傷ついたかだけが心配です」

理知的な双眸に、嘘の色はなかった。

本当に心の底からアンナのことのみを案じてくれている。触れる手の温かさに、涙が滲んだ。

──そうか。私、傷ついていたんだ。

憤りだけではなく、アンナの胸にあったもの。自分でも気づかなかった感情に、コンラッドは寄り添ってくれていた。

それが途轍もなく嬉しくて、愛しさが込み上げる。

「リドル子爵は今頃、私がコンラッド様に離縁されて援助が打ち切られるのではないか戦々恐々としているでしょうね」

「では、もうしばらくヤキモキさせて、その後本当に打ち切ってみましょう。離縁する気はさらさらありませんけどね。彼らには今後アンナに媚《こ》びへつらい絶対服従しなくては生きていかれないことを骨身に染みてもらいましょう」

「ふふ。楽しみです」

二人揃《そろ》って悪巧みの顔をして、吹き出した。

「私はむしろ、アンナを産んだ実の母君がリドル子爵夫人でなくてよかったと考えています。心置きなく色々できますから」

「いったい何をするつもりですか。──でも、ありがとうございます」

この上なく心強い味方を得られ、胸につかえていた重石《おもし》が取り除かれる。

晴れやかな気持ちで、アンナは彼の唇へ自分のものを押し付けた。

「貴女から口づけてくれたのは初めてですね」

「私の大切な旦那様に、愛情と感謝を伝えたくて。……はしたなかったですか？」

「まさか。大歓迎ですよ」

濃密なキスを返されて、アンナはもどかしく服を脱ぎ捨てた。コンラッドは左手一本で、器用にも手伝ってくれる。それでも普段より時間はかかり、素肌を重ねた時には不思議な達成感に包まれた。

「愛しています」

「私の方が愛しています」

改めて交わした口づけは甘い。絡む視線も、触れ合う温度も、囁きも、全部が蕩けそうに糖度が高かった。

彼の右手に負荷をかけないよう気を配りつつ、夢中で四肢を絡ませ合う。

耳朶《じだ》を擽り、時に肌に軽く歯を立て、掌で撫で摩った後は感触を味わった。

愛しい人の全てを感じ取りたくて、一瞬も離れたくない。言葉にして愛情を告げ、足りない分は身体で伝えた。

「ぁ……っ」

乳房の頂は、早くも硬くなっている。僅かな接触も快感になり、アンナは肩を震わせた。

赤く色付いた先端を食まれ、見せつける舌の動きから目が離せない。

卑猥な光景はアンナの愉悦を増幅させ、膝でコンラッドの腰付近をなぞる大胆な行為を誘発した。

「あまり可愛いことをされると、加減できなくなりますよ？」

「手の傷が悪化したら、今以上の絶対安静です。その場合、貴方が大人しく寝ていられるよう私はこの部屋には出入りしません」

「それは困ります。誘惑しておいて焦らすなんて、アンナはひどい人ですね」

戯れながら一層互いに昂《たかぶ》った。

脇腹をなぞられ、掻痒感と官能が拮抗《きっこう》する。既に蜜口が潤みを湛え始めたのが恥ずかしい。

自分ばかりが飢えて余裕をなくしているみたいだ。

そう思った直後、アンナは彼の肉竿が首を擡《もた》げていることに気がついた。

「貴女のせいでこうなってしまいました。責任を取ってください」

耳に降りかかる吐息は、明らかに劣情混じりだった。熱くて淫靡。

ゾクッとした戦慄きがアンナの背筋を震わせる。粟立《あわだ》った肌をひと撫でされ、余計にざわめきが大きくなった。

アンナの下腹に押し付けられた切っ先が、早く中に入れてくれと懇願してくる。先端からは滴が垂れ、いやらしく滑りを帯びた。

「ここに子種をたっぷり注いで、貴女を孕ませたい」

ぐっと腰を押し当てられ、アンナの臍の下付近を楔で捏《こ》ねられた。そこはコンラッドの剛直が届く一番奥。

改めていつもどれだけ深く肉槍を受け入れているのかを明らかにされ、アンナはか細く声を漏らした。

「や……」

生々しい想像をしてしまい、上手く息ができない。

期待と恐れで、情緒がめちゃくちゃになる。いざ直視すると、彼の屹立《きつりつ》はあまりにも大きく、よくもこんなものが自分の中に収められるものだと腰が引けた。

——身体の中が熱い。

全身が沸騰しそう。抱き締められて横たえられると、一層体温が上昇する気がした。

「産んでくれますよね？　私の子を」

喉が思い通りに動いてくれず、返事を咄嗟に返せない。だが代わりにアンナは深く頷いた。

コンラッドとの間に子どもが欲しいのは、こちらも一緒。異論は全くない。むしろ是非、と言いたいくらいだ。

情欲を帯びた瞳で彼を見つめ、拙い誘惑の意図を乗せる。恐々手を伸ばした先は、そそり立つコンラッドの淫杭だった。

「……っ」

「コンラッド様は怪我をしているので、今日は私にさせてください」

いつも彼は指と舌でアンナを充分に愛し蕩けさせてくれる。けれど今日は利き手が使えない。だったらこちらができる限りのことをしたいと思った。

「アンナがそんなことをする必要はありません」

「私がしたいのです」

たどたどしく楔を握り、力加減も分からぬまま上下に扱いた。

本当ならアンナが上になるか、座った状態の方がやりやすいのかもしれないが、こちらも慣れないことをしているので、そこまで考えつかない。コンラッドの様子を観察し、愚直に頑張るだけ。

しかし彼が息を弾ませ悩ましい声を漏らしてくれたので、勇気を得られた。

「……っ」

「気持ちいい、ですか？」

目尻を朱に染め眉根を寄せたコンラッドの、色香滴る表情を至近距離で見られる特権で心が躍る。

剛直を握る手には力が籠り、より熱心に強弱をつけ動かした。アンナの掌に、肉塊がより逞しくなるのが伝わってきて、自身の腹の底が甘く疼く。

花弁には全く触れていないのに綻ぶのが感じられ、吐息が爛れた。

――コンラッド様が感じてくれている。嬉しい。もっと頑張らなくちゃ。

「は……っ、悪戯はもうおしまいです」

だが険しい顔をした彼に手を止められた。

最後まで主導権を握って導きたかったアンナが不満も露わにコンラッドを見ると、彼は荒っぽく唸《うな》る。まるで獰猛《どうもう》な獣のよう。獲物が自分なのだと思うと、アンナは抗い難い愉悦を覚えた。

「貴女の気持ちはいただきます。でも私は、されるよりもしたい方なんです」

「あ」

大きく開脚させられて、やや慌てる。

陰唇に突き刺さる視線を感じ、今は昼間で全てを隈なく見られてしまうことを思い出し、アンナの全身が一気に茹《ゆだ》った。

「駄目……っ」

「熟れていて、美味しそうです」

濡れそぼる媚肉にむしゃぶりつかれ、羞恥心が膨らんだ。しかしそれを遥《はる》かに上回る喜悦にアンナの意識は塗り潰された。

「あ……ぁああッ」

いきなり舌を捻《ね》じ込まれ、蜜路を捏《こ》ね回される。わざとらしく立てられる水音にも煽られて、アンナは髪を振り乱して身悶《みもだ》えた。

「やぁ、あッ、んぁッ、気持ち……いっ、ぁああッ」

コンラッドの高い鼻梁《びりょう》で陰核を押し潰され、隘路では舌の蹂躙《じゅうりん》を受ける。愛蜜を啜《すす》られると、もうわけが分からなくなった。

「ひ、ぁ、あ……いっちゃ……！」

容赦なく高みに押し上げられ、爪先が丸まって、みっともなく痙攣した。

駆け抜けた快感は嵐に似ている。あらゆるものをなぎ倒し、その後は掌を返した静寂がやってくる。脱力したアンナは、自身の呼吸の音だけを聞いていた。

「……は、ひゅ……」

「まだ意識を飛ばしては駄目ですよ」

「え……んぅうッ」

「たっぷりとアンナを愛させてください」

絶頂の余韻を味わう間もなく、爛れた蜜窟へ太く逞しい屹立が入ってきた。

一息に貫かれ、数秒呼吸が止まる。みっしりと埋め尽くされて、濡れ襞を摩擦された。

これまでと比べても、随分大きい。

圧迫感がある質量に体内を支配され、アンナは再び達してしまった。

「挿《い》れただけでイってしまうなんて、貴女も私を欲しいと思ってくれていましたか？」

嫣然《えんぜん》と微笑んだ彼が緩やかに腰を動かす。アンナの肉壁が掘削され、粘着質な水音が掻き鳴らされた。

「んぁッ、待って……今は……っ、ぁ、あッ」

「貴女のナカがうねって、食い千切られそうです」

「ひぅッ」

淫路を穿たれながら肉芽を捏ねられ、アンナは目を見開いた。喜悦が弾け、蜜壺が収斂する。

コンラッドの昂ぶりに絡みつく膣壁を引き剥《ひは》がすように動かれ、恍惚に襲われた。

「っぁあああッ」

揺さ振られ、視界は激しく上下にぶれた。腰を掴んでくる男の手は熱く、指がアンナの肌に食い込むほど力強い。

あまりにもがっしりと拘束されているせいで、衝撃を欠片も逃せなかった。

ひたすらに打ち込まれ、全て受け止めるしかない。隘路だけでなく全身が性感帯になったよう。知らず、腰が浮き上がって、淫蕩に蠢いた。

「ぁッ、あ、あんッ」

喉が掠れるほど喘いでも、声を抑えられない。鳴くほどに愉悦がうねり、大きく育つ。

最奥を繰り返し突かれ、痺れに似た法悦がアンナの全身へ広がった。

「は……ぁッ、あ、ああんッ」

最早多少乱暴に扱われても快楽を拾う。アンナは自らの脚を彼の腰に搦《から》め、淫らに快感を享

愛した。

「あぁあっ、ァ、もう……っ」

「何度でも達していいですよ。今日は一度では終えられません。時間が許す限り、愛し合いましょう」

少しばかり恐ろしい提案をされた気もするが、アンナもコンラッドと気持ちは同じだ。

たっぷりと愛し合いたい。想いを確かめ合って、彼と共に幸福を味わいたかった。

「あ……愛して、ます」

息も絶え絶えに溢れる愛情を告げる。

アンナがぎゅっと抱きつけば、同じ切実さで抱き締め返された。

「私の方が愛していると言ったでしょう?」

甘い意地の張り合いで余計に愉悦が増した。それはコンラッドも同様なのか、彼の動きが速くなる。

共に律動を刻み、一つの塊になって、二人は至福の時間を堪能した。

あとがき

初めましての方もそうでない方もこんにちは。山野辺りりと申します。

今回は生命力あふれるヒロインが、自らの力で居場所を作って幸せを手に入れるお話を書かせていただきました。

大変楽しかったです。か弱く繊細な女子も大好きですが、ブルドーザーみたいな女子も大好物です。合間に案外可憐なところが垣間見えると、余計に可愛く思えます。いわゆるギャップ萌え……？

きっとこういうタイプに嵌ってしまうと、他の女性なんて刺激が足らなくなってしまいそう。だからたぶん、ヒーローもそうだったのだと思います。

今回イラストを描いてくださったのは、森原八鹿先生です。非常に艶やかな絵を描いてくださるので、期待大！　なのは勿論なのですが、キャララフでいただいたカールの可愛さが尋常ではなく『んッ』と声が出ました。

当然主役二人は最高です。心からありがとうございます。

この本の完成に携わってくださった方々、最後まで読んでくださった読者の皆様へ最大限の感謝を！　またどこかでお会いできることを願っています！

山野辺りり

Mitsuneko Label

蜜猫文庫をお買い上げいただきありがとうございます。
この作品を読んでのご意見・ご感想をお聞かせください。
あて先は下記の通りです。

〒102-0075 東京都千代田区三番町 8 番地 1 三番町東急ビル 6F
(株)竹書房　蜜猫文庫編集部
山野辺りり先生 / 森原八鹿先生

居座り花嫁!?
行き場なし歓迎されない婚約者の溺愛プロセス

2025 年 4 月 29 日　初版第 1 刷発行

著　者　山野辺りり
発行所　株式会社竹書房
〒102-0075
東京都千代田区三番町 8 番地 1 三番町東急ビル 6F
email : info@takeshobo.co.jp
https://www.takeshobo.co.jp
デザイン　antenna
印刷所　中央精版印刷株式会社

本書は、2022 年 4 月当社より単行本として刊行されたものに書き下ろしを加えて文庫化したものです。


この作品に対する皆様のご意見・ご感想をお待ちしております。

おハガキ・お手紙は以下の宛先にお送りください。

【宛先】

〒 150-6019 東京都渋谷区恵比寿 4-20-3 恵比寿ｶﾞｰﾃﾞﾝﾌﾟﾚｲｽﾀﾜｰ 19F
（株）アルファポリス　書籍感想係

メールフォームでのご意見・ご感想は右のＱＲコードから、
あるいは以下のワードで検索をかけてください。

アルファポリス　書籍の感想　検索

ご感想はこちらから

レジーナ文庫

長男《ちょうなん》は悪役《あくやく》で次男《じなん》はヒーローで、私《わたし》はへっぽこ姫《ひめ》だけど死亡《しぼう》フラグは折《お》って頑張《がんば》ります！

くま

2025 年 2 月 20 日初版発行

文庫編集－斧木悠子・森 順子
編集長－倉持真理
発行者－梶本雄介
発行所－株式会社アルファポリス
〒150-6019 東京都渋谷区恵比寿4-20-3 恵比寿ｶﾞｰﾃﾞﾝﾌﾟﾚｲｽﾀﾜｰ19階
TEL 03-6277-1601（営業）　03-6277-1602（編集）
URL https://www.alphapolis.co.jp/
発売元－株式会社星雲社（共同出版社・流通責任出版社）
〒112-0005 東京都文京区水道1-3-30
TEL 03-3868-3275
装丁・本文イラスト－れんた
装丁デザイン－AFTERGLOW
（レーベルフォーマットデザイン－ansyyqdesign）
印刷－中央精版印刷株式会社

価格はカバーに表示されてあります。

落丁乱丁の場合はアルファポリスまでご連絡ください。

送料は小社負担でお取り替えします。


ISBN978-4-434-35314-7 C0193